마운드 위의 절대자

디다트 현대 판타지 장편소설

WISHBOOKS MODERN FANTASY STORY

마운드 위의 절대자 1

디다트 현대 판타지 장편소설

초판 1쇄 찍은 날 | 2018년 10월 1일
초판 1쇄 펴낸 날 | 2018년 10월 10일

지은이 | 디다트
펴낸이 | 예경원

기획 | 위시북스
편집책임 | 이규재
편집 | 위시북스

펴낸곳 | 예원북스
등록번호 | 제396-2012-000132호
등록일자 | 2012. 7. 25
KFN | 제1-314호

주소 | 경기도 고양시 일산동구 호수로 646-24 위너스21II빌딩 206A호 (우)10401
전화 | 031-819-9431 팩스 | 031-817-9432
E-mail | yewonbooks@naver.com

ISBN 979-11-89450-78-6 04810
979-11-89450-77-9 (set)

※ 이 도서의 국립중앙도서관 출판시도서목록(CIP)은 서지정보유통지원시스템 홈페이지(http://seoji.go.kr)와 국가자료공동목록시스템(http://www.nl.go.kr/kolisnet)에서 이용하실 수 있습니다.

디다트 현대 판타지 장편소설
WISHBOOKS MODERN FANTASY STORY
마운드 위의 절대자
1
Wish Books

마운드
위의
절대자

CONTENTS

프롤로그

이진용, 그가 처음 야구 글러브를 손에 끼었을 때 그는 세 가지 꿈을 품었다.

하나는 프로야구 선수가 되는 것.

다른 하나는 메이저리그에 진출하는 것.

마지막 하나는 메이저리그의 지배자라고 불린 위대한 투수 김진호를 직접 만나보는 것.

그렇게 품은 세 개의 꿈은 이진용이 고등학교 2학년이 되던 해, 그해의 겨울에 야구를 포기하면서 아득한 나날 속의 기억이 되어버렸다.

그런데 지금 그 꿈 중 하나가 이루어졌다.

-거기 너, 설마 내가 보이는 거냐?

"기, 김진호 선수?"

김진호.

메이저리그에서 11시즌 동안 다섯 번의 사이영상을 수상.

11시즌이란 짧은 기간 동안 메이저리그 통산 215승을 거두며 메이저리그의 지배자로 군림했었던 사내.

"맙소사, 당신은 분명 10년 전에……."

그리고 정확히 지금으로부터 10년 전, 2006년 12월 12일에 교통사고로 사망하며 자신의 전설에 마침표를 찍은 사내.

-내가 죽은 지 10년이나 지났어?

그 사내가 지금 유령이 된 채로 이진용의 눈앞에 있었다.

-그런데 그건 뭐냐? 요즘은 그런 것도 나왔어?

심지어 이진용이 보게 된 건 그것만이 아니었다.

"예?"

-그거, 네 앞에 있는 나처럼 반투명한 홀로그램창 말이야.

"홀로그램창이요?"

[베이스볼 매니저가 시작됩니다.]

"씨발, 이거 뭐야!"

-어우, 썅! 깜짝이야! 야! 갑자기 왜 그래?

"아니, 그게…… 이게 대체 뭡니까?"

-야, 질문은 내가 했거든?

"……미치겠네."

2016년 12월 12일.

이진용의 야구가 두 매니저와 함께 다시 시작됐다.

◆ 1화 ◆

귀신이 보인다

프로야구 선수를 꿈꾸는 이들에게는 크게 세 가지 고비가 온다고 한다.

재능, 부상 그리고 돈.

대부분의 프로야구 선수 지망생들은 이 세 고비를 넘지 못하고 프로를 포기한다.

"아니, 아버지."

-와?

"글러브랑 스파이크 그리고 공 몇 개만 보내라니까 무슨 이삿짐을 보내고 그러세요?"

이진용.

그 역시 그 고비를 넘지 못해 프로야구 선수의 꿈을 접은 흔

하디흔한 이 중 한 명이었다.

말 그대로였다.

초등학교 시절에 또래보다 훤칠했던 키는 중학교 시절 또래와 다를 바 없어졌고, 고등학교 시절에는 더 이상 또래에 미치지 못했던 그는 피지컬이란 고비를 마주했다.

그 재능의 고비를 넘기 위해 근성으로 훈련을 거듭한 탓에 부상이란 고비와 마주했다.

그리고 그 부상 속에서 사고를 당해 병상에 누운 아버지를 비롯해 어머니와 여동생의 삶을 책임지는 가장의 책무를 마주했을 때, 돈이라는 고비 앞에서 이진용은 야구 선수임을 포기했었다.

그게 대략 6년 전의 일.

-기쁘제?

"기쁘긴 뭐가 기쁩니까? 그보다 이거 안 버리고 뭐 하셨어요?"

-마, 그걸 와 버리노?

"아니, 좋을 게 뭐가 있다고…… 버릴 건 버려야죠. 여하튼 제가 버리겠습니다."

-마! 마! 진용아, 인마!

"아, 몰라요. 버릴 테니까 그렇게 아세요."

6년이란 세월 동안 프로야구 선수를 꿈꾸었던 꿈 많던 소년은 이제 월급 주는 사람을 황제로 섬겨야 하는 대한민국의 지극히 평범한 노동자가 되어 있었다.

이번에도 마찬가지였다.

"쯧."

이제는 추억이라기보다는 짜증, 애틋함보다는 허탈함으로 남아 있는 야구라는 놈을 다시 마주하게 된 건 결코 이진용의 자의가 아니었다.

'아, 진짜 사장, 이 인간은 어디서 내가 선출이란 소리를 들어서 이 지랄이야?'

그가 황제 폐하로 섬겨야 할 공장 사장님의 취미가 사회인 야구라는 것이 지금 상황의 시작점이었다.

그동안 고교 시절까지 야구부 출신이란 사실을 잘 숨겼었는데, 어디서 그 사실을 알아낸 사장이 갑자기 이진용을 불렀다.

그러고는 이번 주 주말에 있을 다른 공장 야구팀과의 친선 경기에서 공을 던지라고 했다.

이 갑작스러운 재앙 앞에서 이진용은 당장 순응하지 않았다. 곧바로 준비했던 변명을 했다.

부상으로 야구를 그만뒀다고 말이다.

그만둔 지 무려 6년이나 됐다고 했다.

6년 동안 야구공은커녕 검지와 중지 사이에 호두알 한 번 껴본 적 없다고 말했다.

'미친 사장.'

그러자 사장은 반색하며 말했다.

6년 동안 안 던졌으니까 부상 다 나은 거 아니야? 그럼 상관 없겠네!

'6년 동안 부상 때문에 야구 접은 인간에게 그게 할 소리인가? 그게 뇌에 주름이 있는 영장류가 할 수 있는 생각이긴 한 건가?'

말도 안 되는 소리였지만, 사장님이 눈빛으로 '이 새끼 왜 이렇게 혓바닥이 길어?'라는 신호를 보내는 순간 이진용이 할 수 있는 말은 하나였다.

여기까지 왔는데 우짜겠습니까? 함 해보입시더!

그 말에 사장은 방긋 미소를 지으며 곧바로 스마트폰을 들고 다른 기업 사장님과 통화를 시작했다.

그러고는 이진용이 아주 잘 들을 수 있을 정도로 또랑또랑한 목소리로 말했다.

-박 사장! 다음 주 시합 얼마 걸 거야? 백? 아니, 박 사장 담이 왜 이렇게 작아? 3백 걸어, 3백! 뭐? 에이, 용병은 무슨 용병이야. 직원들 친목 경기인데 당연히 회사 직원들 데리고 하는 거지. 우리 블랙 타이거즈 선수들 면면은 박 사장이 더 잘 알잖아? 그래, 그렇게 가야지. 3백 콜!

그 덕분에 이진용은 금방 상황 파악을 할 수 있었다.

'사회인 야구하는 인간들은 선출을 무슨 판타지 소설 속에 나오는 소드 마스터로 생각한단 말이야. 소드 마스터였으면

프로를 갔지, 월 2백 받고 공장에 다니겠냐?'

사장이 이진용이 선출이라는 사실 하나만 믿고 3백만 원을 베팅했다는 사실을.

'젠장, 제대로 코 꿰였네. 이러다가 경기 망치면…… 연말 한 달 남기고 이게 무슨 지랄이야?'

그리고 이진용 때문에 3백만 원이 그 박 사장이란 양반 주머니에 넘어가는 날 이진용의 일상에 아주 크나큰 폭풍이 몰아치리란 사실을.

'아, 미치겠다.'

어쨌거나 일은 벌어졌고, 이진용은 이 벌어진 일을 수습하기 위해 행동할 수밖에 없었다.

일단 혹시나 하는 마음에 아버지에게 전화를 걸었다. 예전에 쓰던 야구 장비가 있으면 보내 달라고.

그 말에 야구를 맥주보다 좋아하시는 아버지는 그동안 버리지 않고 모아둔 이진용의 모든 야구 장비를 이삿짐 박스에 가득 채운 후에 이진용의 좁디좁은 원룸으로 보낸 것이다.

이야기는 여기까지다.

"에휴."

이 파란만장한 상황을 다시 회상한 이진용이 입으로 내뱉을 수 있는 가장 긴 한숨을 내뱉었다.

'응?'

그런 이진용의 시선이 박스 안을 가득 채우고 있던 투명 케이스를 향했다.

정육면체 케이스 안에는 야구공 하나가 아주 곱게, 귀중하게 포장되어 있었다.

이진용이 그 케이스를 손에 쥐었고, 이내 메이저리그 공인구에 쓰인 사인을 보는 순간 쓴웃음을 머금었다.

'김진호 선수 사인볼이네.'

그것은 한때 이진용에게 있어 꿈이자, 희망이자, 로망이자, 태양이었던 자의 흔적이었다.

'벌써 10년인가?'

동시에 이진용에게 있어 참담한 현실을 알려주는 지표이기도 했다.

'설마 메이저리그의 지배자 소리를 들으면서 10년은 더 현역으로 뛰면서 명예의 전당은 당연하게 들어갈 것 같던 김진호 선수가 교통사고로 그렇게 커리어를 끝낼 줄이야.'

인생무상.

제아무리 대단한 자도 사고 한 번으로 모든 것을 잃는다는 사실에 이진용은 삶이란 것이 덧없음을 느꼈다.

"김진호 선수……."

그 덧없음을 나지막이 읊조렸다.

-어? 누가 날 불렀나?

그러자 대답이 들렸다.

-뭐야 이거? 뭐야? 내 몸이 왜 이래? 왜 몸이 갑자기 가래침처럼 반투명해진 거야? 아니, 잠깐. 나 죽었잖아? 분명 죽었는데 왜 지금 여기에 있는 거지?

그 대답과 함께 보였다.

-응? 얘는 또 뭐야?

"어? 어? 어!"

-거기 너, 설마 내가 보이는 거냐?

"기, 김진호 선수?"

김진호.

"맙소사, 당신은 분명 10년 전에……."

-내가 죽은 지 10년이나 지났어? 그런데 그건 뭐냐? 요즘은 그런 것도 나왔어?

"예?"

-그거, 네 앞에 있는 나처럼 반투명한 홀로그램창 말이야.

"홀로그램창이요?"

유령이 되어버린 그의 모습이 보였다.

[베이스볼 매니저가 시작됩니다.]

그리고 새로운 능력도 보였다.

[현재 누적 포인트는 0포인트입니다.]

[현재 브론즈 룰렛 1회 이용권을 소유하고 있습니다.]

[룰렛을 돌리는데 필요한 포인트는 다음과 같습니다.]

[브론즈 룰렛-1,000포인트]

[실버 룰렛-5,000포인트]

[골드 룰렛-10,000포인트]

[플래티넘 룰렛-50,000포인트]

[다이아 룰렛-100,000포인트]

원룸을 꽉 채우고 있는 침대를 의자 삼아 앉은 채 홀로그램 창을 바라보던 이진용은 이윽고 두 손으로 자신의 얼굴을 감쌌다.

-우와, 나 이거 알아! 소설에서 봤어! 이거 게임 능력치잖아? 이게 진짜 있구나!

그런 이진용의 귓속으로 한때는 그에게 있어 태양과도 같았던 사내, 메이저리그의 지배자로 불렸던 김진호의 목소리가 들렸다.

-캬! 부럽다, 부러워. 나한테 이런 거 있었으면 내가 사이영

기록을 갈아치울 수 있었을 텐데. 아니지, 내가 11시즌을 뛰다 뒈졌으니까 그건 힘드려나? 어디 보자, 사이영이 통산 승수가 511승에 통산 이닝이 7,300이닝이 넘으니까 11시즌으로 나누면…… 매 시즌마다 47승 거두고, 663이닝 정도 소화하면 되겠네. 한 시즌에 양손으로 던지면 한 손으로 330이닝씩 소화하면 되고, 이닝은 페넌트레이스 160경기 중에 80경기 정도 나와서 완투를 한 40경기 정도 하면 되겠군.

물론 이제는 아니었다.

"김진호 선수."

한 번 만나서 악수를 해보는 게 꿈이었던 존재가 시끄러운 유령이 되는 데에 걸리는 시간은 그다지 길지 않았으니까.

"조용히 좀 합시다."

-왜?

"저 지금 굉장히 심란하거든요? 제 마음의 안정을 위해서라도 좀 닥쳐주시면 안 될까요?"

-아, 미안.

"알면 입 좀 다물어주세요."

그 정도였다.

김진호, 그는 너무나도 시끄러웠다.

당연히 그는 이진용의 몇 마디에 제 입을 다물 생각이 추호도 없었다.

-잠깐. 내가 미안할 게 아니지. 야, 인마. 개똥밭을 굴러도 이승이 좋다고 살아 있는 너하고 죽어서 유령이 된 나하고 둘 중 누가 더 심란하겠냐?

“뭐라고요?”

-사실이 그렇잖아? 거기다가 이런 끝장나는 걸 가지게 된 주제에 뭘 이렇게 불만이 많아?

“아니, 그럼 갑자기 눈앞에 평생 안 보이던 유령하고 게임 상태창 같은 게 보이면 김진호 선수는 담담하게 받아들일 겁니까?”

-담담하게 내 에이전트에게 전화해서 정신과 의사하고 미팅 좀 잡아달라고 하겠지. 기자들 몰래. 파파라치 몰래. 그런 거 걸리면 나중에 연봉 협상에서 구단 애들이 지랄한다니까. 몸이 좀 허해서 홍삼 먹은 걸 가지고 당신 체력에 문제가 있는 것 같으니 옵션 좀 걸겠습니다. 아, 그거 도핑에서 걸리면 연봉 몰수, 오케이? 이러는데 내가 승질이 뻗쳐가지고…….

“아, 좀!”

쓴소리를 내뱉은 이진용은 그 순간 떠올렸다.

“미치겠네. 어떻게 이런 인간이 침묵의 암살자라는 별명을 얻은 거지?”

-침묵의 암살자? 아, 메이저리그 첫 시즌에 내 별명.

그 덕분에 추억을 떠올린 김진호가 방긋 웃으며 말을 이어갔다.

-얌마, 초중고 12년 내내 야구만 하느라 공부하고는 담쌓고, 스트라이크 철자도 모르는 놈이 냅다 메이저리그에 던져졌는데 말이 많은 게 정상이겠냐? 아니면 입 다물고 지내는 게 정상이겠냐?

"허?"

이진용은 반문 대신 어처구니없다는 시선으로 자신의 눈앞에 있는 김진호를 바라봤다.

김진호는 그런 이진용의 반응에는 관심도 가지지 않은 채 제 말을 계속 이어갔다.

-아, 그리고 암살자라는 별명도 어떻게 생겼냐면, 삼진 잡으면 K라고 표시하잖아? 난 그게 킬의 약자인 줄 알았어. 어쨌거나 애슬레틱스전에 선발로 나오는 날 안타 치고 출루했거든? 그런데 1루수가 나보고 비릿한 미소를 지은 채 뭐라고 뭐라고 씨불이는 거야.

심지어 타격폼을 갖추고 스윙을 하는 제스처마저 곁들이며 자신의 이야기에 생동감을 부여했다.

-생각해 봐. 메이저리그 첫 시즌인 동양인 루키 투수가 안타 치고 1루에 갔는데 덩치 큰 백인 놈이 비웃음을 머금으면서 뭐라고 하면 그게 무슨 말이겠어? 우리 부모님 안부를 묻진 않았을 거 아니야? 아니, 부모님 안부를 물었을 수도 있겠지만 좋은 의미로 묻진 않았겠지. 어쨌거나 짜증 나잖아? 그래서 내가 그 녀석

한테 정중하게 경고했지. 다음 타석에서 널 삼진으로 잡겠다고.

그 순간 이진용이 저도 모르게 대답했다.

"I kill you?"

-정답! 그래서 내 별명이 침묵의 암살자인 거야. 아, 그때 그 1루수가 마크였었지. 기억난다.

"마크?"

-왜 있잖아? 덩치 큰 마크. 빅 맥.

"마크 맥과이어요?"

-응. 어쨌거나 난 그날 그 인간한테 삼진 3개를 뜯어냈지. 그 후에 내가 이 일화를 라커룸에서 말했어. 그때 내가 마크 이야기를 한 후, 그한테 그렇게 말했다는 걸 기자들 앞에서 말하니까 기자들은 멍한 표정을 짓고, 통역해 주던 세형이 얼굴은 하얗게 질렸지.

"가만, 김진호 선수 데뷔 시즌이면……."

-가만 보자, 그때가 내 데뷔 시즌이니까 96시즌이었군. 그때 마크가 50홈런을 때렸었지. 장담하는데 그 인간 약 빨았을 거야.

김진호의 말에 이진용이 저도 모르게 말을 뱉었다.

"마, 맞아요. 2007년에 미첼 리포트 터지고, 2010년에 스테로이드 복용했다고 본인이 고백했어요."

-씨발. 그럴 줄 알았어! 개새끼! 어쩐지 이 새끼가 분명 빗맞은 공인데 담장까지 날아가더라. 그거 보고 직감했지. 저 새끼

가 약을 빨았거나 아니면 해리포터처럼 마법을 쓸 수 있거나.

"하지만 본인이 오클랜드 시절에는 약물을 복용한 적 없다고 했는데요?"

-지랄하네. 넌 그걸 믿냐? 그걸 믿을 바에는 컵스가 우승한다는 걸 믿고 말지.

"어, 그게……."

이진용은 대답을 이어가려다가 이내 깨달았다.

자신이 지금 얼마나 멍청한 짓을 하고 있었는지.

"아, 미치겠다. 아니, 이미 미친 건가?"

이진용은 곧바로 한숨과 탄식을 내뱉기 시작했다.

그 모습에 김진호가 이진용을 보며 말했다.

-무슨 한숨을 그렇게 쉬어?

"말했잖아요? 난생 본 적도 없는 게 보인다고요. 누가 봐도 정상이 아닌 상황이라고요."

-기회 아니야? 잘 봐. 이거 게임 시스템이잖아? 포인트 얻어서 룰렛을 돌리면 능력이 오르잖아?

"아니면 그냥 제가 헛것을 보는 것일지도 모르죠. 지나가는 사람을 붙잡고 유령하고 대화를 할 수 있다고 하면, 대개 119보다는 112에 신고할 겁니다."

-그럼 시험해 보면 되잖아? 이게 진짜인지 아닌지. 보니까 브론즈 룰렛 1회 이용권도 있겠다.

"예?"

-진짜면 좋고, 아니면…… 아니면 좀 문제가 있긴 하겠네. 그런데 뭐 어쩌겠냐? 그때가 되면 이 모든 걸 운명으로 받아들이고 주기적으로 약 먹고 치료에 전념해야지. 야, 근데 내가 네 정신 이상 증상 때문에 보이는 헛것이라면 웃기긴 하겠다.

그 말에 이진용이 자신의 눈앞에 떠 있는 베이스볼 매니저를 바라봤다.

[룰렛이 생성됩니다.]

-이야, 무슨 게임하는 거 같다. 아니, 게임이지.

김진호.

2006년 12월 12일 사망.

그로부터 10년이 지난 2016년 12월 12일에 유령이 되어 다시 세상에 등장한 그는 이진용의 뒤에 선 채, 이진용이 바라보는 반투명한 홀로그램 룰렛을 바라봤다.

"집중합시다."

-하고 있어.

"좀 닥치라는 소리입니다."

그 룰렛에는 총 100개의 칸이 있었다.

그리고 100개의 칸마다 아이템이 적혀 있었다.

물론 100개나 되는 아이템이 적힌 건 아니었다. 적힌 아이템의 개수는 총 7개.

-구속 증가(+1)

-변화구 연마(+1)

-체력 보충(+1)

-무작위 변화구 습득(F랭크)

-아이템 [체력 충전(10일)]

-아이템 [구속 강화(10일)]

-스킬 [심기일전]

아이템의 가치를 파악하는 건 어렵지 않았다.

아이템이 적힌 칸마다 색이 달랐으니까.

브론즈, 동색 칸이 93개가 있었고 은색 칸이 6개가 있었으며 오로지 한 칸만이 금색 칸이었다.

-간단하네. 금색에 들어가면 대박, 나머지는 쪽박. 이 게임 잘 만들었는데?

"좀 조용히 하라고요, 부정 타니까."

-부정? 무슨 부정?

"10년 전 뒈진 귀신이 시끄럽게 떠들면 그게 부정이지, 아니면 긍정이겠습니까?"

-반박은 못 하겠네.

"잠깐만요."

그 순간 이진용이 자신의 주머니에서 스마트폰을 꺼냈다.

'일단 사진을 찍어보자. 사진에 안 찍히면…… 젠장, 그럼 내가 미친놈이라는 더 명확한 증거네.'

별 소용은 없겠지만 지금 자신의 상황을 이해하기 위해 할 수 있는 것을 최대한 하기 위함이었다.

-우와? 그거 뭐야?

그런 스마트폰의 등장에 김진호가 반응했다.

"스마트폰이잖아요?"

-스마트폰? 그게 뭐야?

"그야……."

순간 이진용의 말문이 막혔다.

'모르겠구나.'

김진호가 죽은 건 2006년 12월 12일.

반면 스마트폰의 시작점이라고 할 수 있는 아이폰이 세상에 첫 공개가 된 건 2007년 1월 무렵이었고, 아이폰 오리지널이 처음 판매가 된 건 그해 6월이었다.

김진호 입장에서 스마트폰이란 개념을 모르는 건 당연한 일.

“요즘 휴대폰은 이렇게 나와요. 이거 하나로 전화 받고, 문자 주고, 사진도 찍고, 인터넷도 합니다.”

-대단하네. 아, 그러고 보니 애플이 이런 거 만든다고 이야기는 들었는데 못 만들었나 보네. 아이폰이었나? 여하튼 뭔가 만든다고 했는데.

“애플이 만들었어요. 아이폰이라고. 그런데 그걸 어떻게 아십니까? 김진호 선수 생전에는 없었을 텐데?”

-어? 아니, 별거 아니고 그때 애플 임원 한 명이 내가 있던 레드삭스 광팬이었거든. 어느 날 그 양반이 말하더라고. 자기네 회사가 아이폰이란 걸 만드는데, 우리 회사 주식 사면 대박이 날 거라고. 내가 그 이야기를 듣고서 애플 주식을 샀어.

“얼마나요?”

-그때 내가 돈 좀 꽤 썼지. 5백만 달러 정도 샀을 거야.

“얼마에 사셨는데요?”

-1주에 10달러쯤 했을걸?

그 순간 사진을 찍으려던 이진용은 메인 화면으로 넘어갔다. 그러고는 인터넷에 접속했다.

애플의 현 주가를 검색하기 위함이었다.

-우와! 우와! 우와!

그 사실을 알 리 없는 김진호는 이진용의 스마트폰 터치가 거듭될 때마다 제 입으로 효과음을 삽입했다.

그런 김진호의 입을 막은 건 이어진 이진용의 한 마디였다.

"지금 애플 주가가…… 주당 140달러군요."

-뭐?

김진호의 입이 마법처럼 닫혔다.

침묵은 길었다.

수십여 초를 넘어 1분을 넘겼다.

그리고 그게 한계였다.

-그, 그러니까 14배가 뛰었다고?

"5백만 달러 사셨으니, 지금까지 쥐고 계셨으면 7천만 달러가 됐겠군요."

-마, 말도 안 돼! 씨발, 이건 말도 안 돼!

기어코 폭발한 김진호, 그런 그를 향해 이진용은 보다 확실한 펀치를 날렸다.

"그런 식으로 아쉬워하면 안 되죠. 만약 김진호 선수가 지금 전성기 시절인 상태에서 FA에 나왔으면 총액 4억 달러도 받으실 수 있으셨을 텐데."

-뭐라고?

"에이로드가 2007년 시즌 끝으로 FA자격 취득해서 10년 2억 7천만 달러짜리 계약을 했어요. 그리고 요즘 각 팀마다 에이스급 선수들은 연장계약으로 2억은 우습게 받고. 리그 최정상급이라면 연평균 3천만 달러 정도는 받을 수 있죠. 하물며

2007시즌에 옵트아웃 행사 가능하셨을 테니까 그때 시장에 나왔으면……."

-에이로드가 FA로 또 대박을 쳤다고? 2억 7천만?

"참고로 걔도 약물 했어요."

-뭐? 아니, 좀 친다는 놈들은 죄다 약쟁이네. 젠장, 난 감기약도 마음대로 못 먹었는데!

그런 김진호를 뒤로한 채 이진용이 다시 본래의 목적대로, 스마트폰으로 자신이 보고 있는 홀로그램 룰렛을 촬영했다.

찰칵!

그렇게 나온 사진에는 아무것도 보이지 않았다.

"젠장."

카메라와 이진용의 눈.

어느 것이 더 멀쩡하고, 믿을 만한 것인지는 굳이 지나가는 사람을 붙잡고 물어볼 필요는 없을 터.

'미치겠네.'

그런 이진용의 눈에 새로운 창이 떴다.

[룰렛을 돌리시겠습니까?]

"그래, 돌려라!"

새롭게 뜬 창을 향해 이진용이 일갈을 내지르듯 소리쳤다.

그와 동시에 룰렛이 힘차게 돌아가기 시작했다.

사회인 야구는 마약이다.

누가 한 말인지는 모르지만, 한 번 정도는 들었을 법한 말.

'마약은 마약이지.'

어쨌거나 이진용은 그 말에 동의했다.

'어떤 식으로든 주변에 민폐를 끼치니까.'

마약 중독자가 주변에 행패를 부리듯, 지금 이진용은 그 사회인 야구에 빠진 누구 때문에 크나큰 행패를 당하는 중이었으니까.

"어때? 맞아?"

지금도 그랬다.

이제 4일 앞으로 다가온 야구 시합을 앞둔 이진용은 자신이 다니는 회사가 만든 사회인 야구팀, 블랙 타이거즈의 로고가 멋지게 박힌 유니폼을 구하는 중이었다.

"예, 얼추 맞네요."

물론 새로 맞춘다는 소리는 아니었다.

현대 사회는 공유 경제의 시대.

당연히 이진용은 그 시대에 걸맞게 자기의 체형에 얼추 맞는 유니폼을 빌려 입을 준비를 하고 있었다.

'아니, 인간적으로 운동할 때 입는 옷이면 시합 뛰고 세탁은 해야지. 이게 유니폼이야? 걸레지. 아니, 하다못해 걸레도 쓰면 빠는데…… 으으!'

더불어 이 순간 이진용은 돈만 많으면 공유 경제고 나발이고, 그냥 자기 것을 사서 쓰는 게 낫다는 교훈 역시 뼈저리게 느끼고 있었다.

"김 대리가 입던 건데, 좀 크네? 확실히 네 체격이 작긴 작아."

"크진 않죠."

"그런데 정말 선출이었어?"

갑작스럽게 날아온 질문.

그러나 그 질문에 이진용은 담담히 대답했다.

"제 피지컬이 끝장났으면 선출이 아니라, 선수였겠죠. 프로 선수."

"하긴."

"미리 말씀드리는 건데 저 부상으로 고2 때 야구 접고 6년 동안 공 한 번 안 던졌어요."

그러니까 기대하지 마세요, 라는 뒷말을 이진용은 굳이 첨부하지 않았다.

일반적인 상식이 있는 이라면 자신이 한 말이 무슨 의미인지 이해하지 못할 리 없을 테니까.

"그래? 그럼 6년 동안 쉬었으니 부상은 다 나았겠네?"

그러나 아쉽게도 성현승 부장 역시 사장과 비슷한 과였다.

'헐.'

아니, 어쩌면 당연했다.

모든 인사재량권을 가진 사장이 자기 코드에 맞는 인간을 간택하지, 자기랑 안 맞는 놈을 간택할 리 만무하지 않은가?

-야, 내가 지금 이상한 말을 들은 것 같아서 말이야. 부상 때문에 6년 동안 쉬었으니까 이제 괜찮겠네, 같은 말을. 잘못 들은 거 맞지?

그 순간 이진용의 옆에 둥둥 떠 있던 김진호가 나지막한 목소리로 말을 꺼냈다.

이진용은 대답 대신 후우! 강렬하게 숨을 토했다.

-내가 죽고 나서 10년 동안 인류가 대단한 진보를 이룬 모양이네. 6년 동안 쉬면 부상 다 나아서 공을 쌩쌩하게 던질 수 있나 봐? 끝내주는 시대가 됐군. 부상으로 FA 먹튀한 선수한테 6년 후에 우리 팀에 뛰어달라고 계약도 하겠네.

이진용은 굳이 대답하지 않았다.

더불어 더 이상 자신이 다니는 사내 사회인 야구팀인 블랙타이거즈의 야구론에 대해서도 신경 쓰지 않았다.

대신 떠올렸다.

'내가 보는 게 망상인지 기적인지, 오늘 알 수 있겠지.'

어젯밤.

힘차게 돌아가던 룰렛이 멈추는 순간 금빛 칸이 이진용의 눈앞을 가득 채웠다.

그와 동시에 보였다.

[심기일전 스킬을 획득하셨습니다.]

백 분의 일!

그 낮은 확률의 행운이 이진용을 찾아왔다.

그 후 이진용은 보다 정확히 알 수 있었다.

[심기일전]

-스킬 랭크 : F

-스킬 효과 : 체력 3포인트를 소모하여 원하는 곳에 공을 던질 수 있습니다.

-일일 사용 가능 횟수 : 3회

'정말 게임 같은 능력이네.'

스킬이 무엇인지.

[이진용]

-최대 체력 : 59

-최대 구속 : 105㎞

-보유한 구질 : 포심 패스트볼(E), 체인지업(E), 슬라이더(F), 커브(F)

-보유한 스킬 : 심기일전(F)

그리고 자신이 얼마나 비참한 쓰레기인지.

-이제 와서 말하는 게 좀 그렇지만, 어제 네 능력치는 좀 끔찍하긴 하더라. 솔직히 이 정도면 게임 접는 게 맞지 않을까? 안 그래?

그 덕분이었다.

'이 정도로 밑바닥이면 무슨 결과가 나와도 손해 볼 건 없지.'

그 덕분에 오히려 부담감은 사라졌다.

이제 더 이상 바닥으로 떨어질 곳도 없다는 건 더 이상 잃을 것도 없다는 의미였으니까.

"그럼 몸 좀 풀고 피칭해 보겠습니다."

"어, 그래. 난 담배 좀 피우고 있을 테니까 끝나면 와."

"예."

성 부장의 말에 이진용은 6년 전 자신이 그토록 아꼈던 글러브를 손에 꼈다.

6년 만이었음에도 글러브는 마치 이진용의 손을 빨아들이

듯 손에 달라붙었다.

그 순간 이진용의 눈빛이 달라졌다.

-자, 가보자고 파트너!

그리고 김진호, 그의 눈빛도 달라졌다.

노력은 절대 재능을 이기지 못한다.

장담할 수 있다.

150킬로미터짜리 직구는 노력한다고 해서 던질 수 있는 게 아니다.

아니, 140킬로미터만 해도 그렇다.

당장 한국프로야구에서 뛰는 대부분의 투수들의 패스트볼 평균구속이 130킬로미터대인 것은 그들이 노력을 안 해서 그런 게 아니다.

오히려 타고난 재능이 있고, 뼈를 깎는 노력을 했기에 브라운관 너머에서 공을 던질 수 있는 것이다.

그러니까 재능의 벽을 마주한다면, 그냥 뒤돌아서 다른 길을 찾는 게 좋다.

그게 편하게 사는 가장 확실한 왕도(王道)다.

'여기 또 서게 되는군.'

그리고 그게 이진용이 편하지 못한 삶을 살아온 이유이기도 했다.

그때도 그랬다.

재능의 벽 앞에서 이진용이 포기했다면, 그는 좀 더 순탄한 삶을 살아왔을 것이다.

그러나 주제를 몰랐고, 그 벽을 부수겠다는 웃기지도 않는 일념하에 벽에 거듭 몸을 던졌다.

그 결과가 지금 이진용의 발아래 있었다.

-마운드, 진짜 오랜만이네.

그곳은 이진용이 다니는 공장, 그 공장 옆에 있는 공터를 이용해 만든 야구장이었다.

물론 잔디가 파릇파릇하게 피어나 있고, 벤치가 있으며, 조명과 그물망이 있는 그런 야구장은 아니었다.

잡초조차 살아남지 못할 정도로 척박한 땅 위에 분가루로 다이아몬드를 그리고, 외야에 판자 몇 개를 세우고, 세상 모든 모래를 모아 만든 듯한 괴팍한 흙더미를 쌓아놓고 마운드라고 우기는 야구장.

야구를 모르는 사람이 보면 무덤이라고 해도 믿을 수 있는 그런 곳이었다.

-완전 쓰레기이지만.

때문에 이진용, 그는 이 마운드가 지금 자신의 처지에 참 잘 어울린다고 생각했다.

"저 같은 놈에게 어울리는 곳이죠."

재능 앞에 무릎 꿇고, 부상 앞에 고꾸라지고, 결국 돈 앞에 야구를 포기한 이에게 딱 어울리는 곳 아닌가?

-뭐, 그건 지금부터 차차 보면 될 문제이지. 네가 정말 쓰레기일지 아닐지.

그 말을 끝으로 김진호는 이진용 앞에서 제 반투명한 검지로 제 입을 가렸다.

김진호가 입을 다물자 이진용의 세상이 고요해졌다.

"어이구, 힘들어."

그렇게 고요해진 세상 속에서 포수 마스크 사이로 앓는 소리를 뱉으며 자리에 쪼그려 앉는 성 부장의 목소리가 들렸다.

이윽고 자리에 앉은 성 부장이 양손을 머리 위로 들고 크게 흔들었다.

공을 던지라는 의미.

무슨 공을 던지라는 소리는 없었다.

사회인 야구.

그것도 1부 리그와 2부 리그 같은 나름 야구 좀 한다는 곳이 아니라 정말 취미로 야구를 하는 3부 리그 수준인 리그에서 150킬로미터짜리 포심 패스트볼이나, 130킬로미터짜리 슬라이더, 뚝 떨어지는 커브, 마구와도 같은 포크볼 같은 게 나올 리 없다.

기껏해야 100킬로미터를 넘기는 패스트볼이 있을 뿐.

그마저도 제구가 되는 경우는 극히 드물다.

달리 말하면 사회인 야구에서는 포수가 투수에게 무언가를 주문해도 그 주문대로 오는 경우가 거의 없다는 의미.

패스트볼을 주문했는데 너클볼이 오더라, 그걸 껄껄 웃어 넘길 수 있는 곳이 사회인 야구다.

즉, 주문대로 올 리가 없으니, 주문할 이유도 없는 셈.

'어깨는 용케 풀렸네.'

때문에 이진용은 망설임 없이 초구를 준비했다.

그런 이진용의 투구폼은 분명 다른 이들과는 조금 달랐다.

마치 꽈배기처럼 몸을 꼰 후에 그 폼을 풀며 던지는 투구폼이 마치 토네이도 같았다.

만약 야구를 좀 오래 본 이들이라면, 메이저리그에서 활약했던 투수 노모 히데오를 떠올릴 법한 투구폼.

작은 체격에서 어떻게든 힘을 끌어내기 위해 이진용이 택한 생존 방법이었다.

"어이쿠!"

그렇게 던진 공은 성 부장이 내민 포수 미트를 아주 노골적으로 무시하며 왼쪽으로 빠졌다.

"죄송합니다!"

이진용이 곧바로 사과를 했고, 성 부장이 대답 대신 새로운 공 하나를 이진용에게 던져줬다.

공을 잡은 이진용은 곧바로 2구째를 던졌다.

펑!

2구째는 성 부장의 미트에 들어왔다.

정확히는 성 부장이 미트로 잡았다.

"좀 빠지네."

이번에도 제법 빠지는 공을 성 부장이 나름 캐치한 것이다.

펑!

3구째는 좀 더 깔끔하게 포수 미트에 들어갔다.

"오, 좋아!"

성 부장이 처음으로 칭찬을 뱉었다.

"근데 좀 더 빠르게."

그러고는 주문을 했다.

"아니, 빠르게 던지라고 해서 빠른 공을 던질 수 있었으면 내가 잠실야구장에 있지 여기에 있겠습니까?"

평소 이진용이라면 그런 혼잣말이라도 했을 것이다.

그러나 지금의 이진용은 그런 말을 뱉지 않았다. 심지어 마음으로조차 그런 말을 뱉지 않았다.

'영점이 잡혀간다.'

마운드 위에서 자신의 몸을 하나하나, 정신을 하나하나, 감각을 하나하나 다듬었다.

이윽고 4구째를 던졌을 때.

펑!

이번에는 성 부장이 굳이 미트를 움직일 필요 없이 공이 깔끔하게 미트 안으로 들어갔다.

휘이잇!

성 부장의 입에서 짧게 휘파람이 터졌다.

"좋아, 계속 가보자!"

점차 제구가 잡혀가는 이진용의 모습에 나름 포수의 즐거움을 느끼기 시작한 듯 성 부장이 기세를 올렸다.

-거기까지.

그런 그 기세에 찬물을 끼얹은 건 이제까지 침묵하던 김진호였다.

성 부장으로부터 공을 받은 이진용이 그대로 마운드로 걸어가기 위해 등을 돌렸다.

그 사이 이진용이 김진호를 향해 작은 목소리로 말을 건넸다.

"제 공에 문제라도 있습니까?"

-응? 아니, 없어. 네 야구 실력은 문제없어.

이진용은 그 말에 피식 웃었다.

"야구 실력에 문제가 없다니, 구속이 안 나오고, 제구도 안 되고, 구위는 개판이고, 변화구는 던질지도 모르는데요?"

-너, 야구 네 스스로 포기했지?

"그럼 스스로 포기하지, 남이 포기시킵니까?"

-대부분은 그래. 제 스스로 깔끔하게 포기하는 경우는 없어.

"예?"

-프로의 세계에서 제 발로 은퇴하는 선수는 생각보다 없다고. 기량은 하락하고, 연봉 많이 받고, 자리 차지하고, 베테랑이랍시고 감독이랑 코치가 다루기도 쉽지 않아지면, 그때쯤이면 감독이랑 코치가 선수를 경기에 안 내보내기 시작하지. 그렇게 1년 동안 경기 출전 못 하면? 퇴물 되는 거지. 그러다가 은퇴하는 게 제 발로 은퇴하는 건 아니잖아?

"에이, 설마……."

-기억을 돌려봐. 자기가 이번 시즌에 은퇴한다고 말하고 그 시즌에 풀타임 가깝게 뛰고 은퇴한 선수가 몇이나 되는지. 아마 손에 꼽을걸? 장담컨대 은퇴식 자체를 제대로 하는 선수 10명 대라고 하면 너 10초 안에 댈 수 있어? 메이저리그 포함해도 10명 못 댈걸?

이진용은 입을 다물었다.

그리고 기억을 더듬었다.

그런 그의 머릿속으로 기억이, 결코 추억이라고는 부를 수 없는 고교 시절의 나날들이 지나갔다.

-본론으로 돌아오면, 아마 네가 야구부에 있을 때 감독은

너를 계속 주전으로 기용했을 거야. 맞지?

김진호의 말대로였다.

고교 시절 이진용이 야구부에 있을 때 그는 또래보다 피지컬에서 뒤처졌지만, 감독은 그런 이진용에게 꾸준히 기회를 줬다.

그 사실에 큰 의구심을 가진 적은 없었다.

이진용은 무슨 전국구 수준의 에이스는 아니었지만 그래도 나름대로 결과를 내는 선수였으니까.

당연한 기용이라고 생각했다.

-고교 야구부 감독들의 목표는 고교 대회 우승이 아니야. 청룡기, 봉황대기 백날 우승하면 뭐해? 자기 밑에 있는 놈이 드래프트에서 계약금을 얼마 받느냐에서 감독 이름값이 달라지는 데. 부모들도 그렇잖아. 제발 우리 아들 3경기 연속 완투로 어깨가 너덜너덜해져도 좋으니 봉황대기에서 우승하게 해주세요, 이렇게 비는 부모 봤어? 프로에 가서 드러누워도 좋으니 드래프트에서 계약금으로 3억만 땡길 수 있게 해주세요. 이렇게 빌지.

하지만 돌이켜보면 아니었다.

누가 보더라도 피지컬이 부족한 이진용에게 기회를 주는 것보단 피지컬이 뛰어난 다른 유망주에게 기회를 주는 게 분명 유망주를 키우는 데 더 합리적인 일이었다.

“제가 야구에 재능이 있다는 겁니까?”

-넌 네가 가진 걸 전부 쓸 줄 알아. 6년 만에 야구한 놈이 4구 만에 영점 찾는 거 봐. 그것도 그런 투구폼으로. 메이저리그에는 평생 공을 던져도 영점을 못 잡는 애들도 있는데, 이 정도면 재능이 있는 거지. 단지 문제는 네가 가진 게 좆도 없다는 점이지만. 어쨌거나 감독은 기대했겠지. 네가 키가 1년 만에 10센티미터만 더 커지면서 힘이 붙고 구속도 좀 나온다면 프로에 갈 수 있다는 것을. 뭐, 꽝이었지만.

"저기 그런데 꼭 표현을 좆도 없다고 해야 합니까?"

-그럼 있냐?

"당연히 있죠? 아침에 봤잖아요? 내가 다른 건 몰라도 그거 하나만큼은……."

-야! 더럽게 그 이야기는 왜 꺼내?

"아니, 좆 이야기를 내가 먼저 꺼냈습니까?"

"진용아! 어디 아프냐? 문제 있어?"

그 순간 성 부장의 아주 훌륭한 개입으로 더 이상 추잡한 이야기가 이어지는 일은 없었다.

이진용은 몸을 돌려 성 부장을 바라봤고 손을 흔들었다.

"잠깐 숨 좀 골랐습니다."

"야, 고작 이거 던지고 숨 고르면 어떻게 해?"

"죄송합니다. 그보다 3구만 더 던져보겠습니다."

"3구?"

"대충 영점은 잡힌 것 같으니까 제구 좀 봐야죠. 코스는 성 부장님이 미트 위치로 표시해 주세요."

성 부장은 대답 대신 자신의 오른 주먹으로 자신의 미트 안을 펑펑 때렸다.

대답은 그것으로 충분했다.

이진용이 자리에 앉은 성 부장을 봤을 때 성 부장이 포수 미트를 움직였다.

우타자 기준으로 몸쪽 코스.

노린다고 해서 집어넣을 수 있으면, 어딜 가서 야구 좀 할 줄 안다고 콧바람 좀 내면서 야구시합 끝나고 회식에서 회식비 정도는 퉁칠 수 있는, 전가의 보도와 같은 코스다.

'아, 근데 스킬 어떻게 쓰지?'

그때 새로운 문제가 이진용의 뒤통수를 후려쳤다.

'스킬을 외쳐야 하나?'

평생 스킬이라고는 써본 적 없는 인간이 마땅히 직면할 수밖에 없는 문제였다.

"심, 심기일전?"

결국 이진용이 나지막이 혼잣말을 중얼거렸다.

-뭐야? 왜 갑자기 혼자 지랄이야?

당연히 김진호가 그런 그를 미친놈 보듯 봤다.

"으헉!"

-으악!

그 순간 이진용의 입에서 튀어나온 괴성에 김진호가 덩달아 깜짝 놀랐다.

성 부장도 놀란 듯 자리에서 일어났다.

"뭐야? 무슨 일이야?"

-야, 이진용! 제발 깜빡이 좀 켜고 들어와! 좀!

두 개의 목소리가 동시에 이진용의 고막을 두드렸다.

그 아우성 속에서 이진용이 붉게 달아오른 얼굴로 눈알을 세차게 굴리며 말했다.

"버, 벌이 있어서……."

"벌? 이 겨울에? 12월인데?"

"아, 그게……."

-귀신 봤다고 해. 구라는 아니잖아?

"제가 잘못 본 모양입니다."

성 부장이 고개를 한 번 갸웃했다.

"괜찮은 거지?"

"괜찮습니다."

"정말 괜찮은 거지?"

"아무렴요."

"너 혹시 귀신같은 거 보고 그러냐? 그건 아니지?"

"그, 그럴 리가 있겠습니까? 제가 무당도 아니고……."

“계속할 거야?”

“예, 부탁드립니다.”

그 짧은 대화를 끝으로 성 부장이 다시 자리를 잡았다.

그 순간 성 부장이 내민 미트, 그 미트 위로 노란빛이 별처럼 반짝거리기 시작했다.

‘맙소사.’

그 빛은 이진용의 사고에 따라 움직였고, 그것이 의미하는 바가 무엇인지 파악하는 건 어렵지 않았다.

김진호도 마찬가지였다.

-이거 장난 아닌데?

이진용이 침을 꼴깍 삼켰다.

‘정말 저기 공이 꽂히면 이건 진짜다.’

이윽고 이진용이 그 빛을 향해 자신의 손끝에 있는 공을 던졌다.

그렇게 공이 손끝을 떠나는 순간 이진용은 느꼈다.

지금 던진 공이 앞서 던진 공보다 훨씬 무겁고 버겁다는 것을.

퍼엉!

그리고 자신에게 생긴 이것이 망상이 아닌 기적이라는 것을.

-와우!

마지막으로 김진호 유령이 가짜가 아니라 진짜라는 것을.

◆ 2화 ◆

숫자도 보이네?

야구를 좋아하는 이들에게 겨울은 스토브리그 시즌이다.

문자 그대로 모두가 난로에 모여 야구에 대한 이야기를 꽃피우며 봄이 오기를 기다리는 시즌이다.

사회인 야구라고 해서 다를 건 없다.

아니, 상식적으로 생각한다면 취미로 야구를 하는 사람일수록 겨울을 조심해야 한다.

10년 넘게 훈련을 거듭한 강철검하고 10년 넘게 술, 담배에 찌든 유리잔 중에 차디찬 바람 앞에서 무엇이 더 잘 버틸지는 굳이 고민할 필요도 없는 문제인 법.

"오오! 야구장 좋다."

"이야, 이런 곳을 우리가 오늘 전세 낸 거야?"

"우리 다음에 경기도 없다고 하니, 사실상 전세 낸 거 맞지."

그게 이유였다.

대회도 아니고, 빅매치는 더더욱 아닌, 그저 사내 사회인 야구팀을 가진 두 중소기업의 친선 매치가 꽤 그럴싸한 야구장에서 치러질 수 있었던 이유.

겨울에 접어들면서 아무래도 야구를 하는 사회인 야구팀이 줄어들었고, 덕분에 야구장 예약 역시 쉽게 할 수 있었다.

"그래, 야구는 이런 곳에서 해야지."

어쨌거나 간만에 제대로 된 야구장에서 뛰게 된 두 팀, 블랙 타이거즈와 레드 이글스의 선수들은 들떠 있었다.

그런 선수들 외에도 들뜬 이는 한 명 더 있었다.

-이야, 끝내주네.

김진호.

이진용의 머리 위에 올라선 그는 야구장 주변을 바라보며 감탄을 아끼지 않았다.

-장비가 다들 프로급이네, 프로급이야.

물론 그 감탄은 야구장에 대한 것보다는 이 야구장 곳곳에 널브러지기 시작한 장비를 향한 것이었다.

-요즘 야구 인기가 좋은가 봐? 취미로 야구하는 사람들 장비가 거의 메이저리그랑 다를 게 없는데?

"김진호 선수가 WBC에서 활약해 주신 덕분이죠."

-뭐?

"2006 월드베이스볼 클래식에서 김진호 선수가 미국팀을 박살 내면서 야구가 붐이 일었거든요. 사회인 야구도 덕분에 커졌죠."

-그래?

"덕분에 요즘은 KBO에서도 FA로 100억 넘게 받는 선수들이 있고요."

-뭐? 얼마?

"100억이요."

-KBO에서 FA로 100억을 받는다고?

"예."

-한국 야구가 대단해진 모양이구나. 연평균 25억이면, 달러로는 250만 달러인데 이 정도는 메이저리그에서도 나름 25인 로스터에는 드는 이들이 받을 수 있는 돈인데.

"참고로 국내에서는 세금도 구단이 내준다네요. 소문이긴 하지만."

-진짜? 세금을 구단이 내줘?

"거기에 옵션도 없는 순수 보장액. 뒤로 더 준다는 소문도 있고. 아마 메이저리그로 따지면 연평균 400만 달러는 받는 셈이겠죠. 여기에 에이전트도 없으니……."

-세상이 미쳐 돌아가는구나. 하긴, 어느 날 갑자기 게임창하

고 유령이 보이게 된 사람도 있는데.

놀라는 김진호를 뒤로한 채 이진용은 한숨을 내뱉었다.

하얀 김이 그의 입에서 길게 흘러나왔다.

'이건 진짜다.'

그 입김과 함께 이진용의 머릿속으로는 며칠 동안 그가 경험한 기억들이 흘러나오기 시작했다.

12월 12일, 베이스볼 매니저와 10년 전 죽은 김진호 유령과 만남을 가졌다.

이후 며칠이란 시간을 보내면서 이진용은 자신이 보는 것이 현실임을 깨달을 수 있었다.

그게 문제였다.

현실은 현실이라는 것.

'어떻게 하지?'

놀라운 일이 일어났지만, 반대로 이진용은 그 사실에 그저 마냥 기뻐할 수만은 없었다.

현실이기에, 현실적인 고민을 시작했다.

'다시 야구를 해야 하나?'

당장 직면한 고민은 다름 아닌 자신의 미래.

분명 놀라운 능력이 생겼다.

'이제 와서?'

그러나 지금 이진용은 6년 동안 야구 한 번 제대로 해본 적 없는 일반인에 불과했다.

패스트볼 구속은 간신히 시속 100킬로미터를 넘는 수준이고, 변화구는 있으나 마나한 수준이며, 체력은 마운드에서 전력으로 40구 정도 던지면 방전이다.

물론 열심히 훈련을 하면 구속도 늘고, 한계 투구 수도 늘어나겠지만 그렇다고 해도 그 훈련을 통해 이룩할 수 있는 성과 역시 금방 한계에 부딪힐 수밖에 없었다.

어쨌거나 이진용은 쥐뿔도 없는 투수였으니까.

그에게는 반짝이는 것 하나가 없었고, 때문에 그는 결국 프로야구 선수가 되지 못했다.

'그때도 실패했는데 지금이라고 달라질까?'

그게 결정적이었다.

만약 그가 프로야구 선수로 활동했다면, 그는 조금의 고민도 하지 않았을 것이다.

할 수 있는 게 야구밖에 없고, 잡을 수 있는 게 야구밖에 없을 테니까.

그러나 지금 이진용에게 야구는 이미 아득한 세계의 스포츠일 뿐이었다.

'한다고 해서 될까?'

그렇기에 두려웠다.

'된다고 해도 언제?'

또 실패할지도 모른다는 사실이.

당장 주어진 것만 해도 그랬다.

게임 시스템, 대단한 능력이다. 포인트를 얻어서 룰렛을 돌리면 능력치가 오른단다.

하지만 그 포인트를 얻는 방법은?

모른다.

야구를 하면 얻을 수 있겠지, 라는 막연한 추측은 가능해도 야구를 한다고 해서 과연 얼마만큼의 포인트를 얻을 수 있을지는 모른다.

그토록 막연한 것을 이룩하기 위해 과연 이진용은 그나마 간신히 궤도에 오른 자신의 삶을 포기할 수 있을까?

'씨발, 할 수만 있다면야 하지.'

하고 싶냐고 묻는다면 그렇다고 대답할 것이다.

그러나 하고 싶다고 할 수 없는 것, 그게 현실인 것이다.

-야, 진용아.

그렇게 고뇌 앞에 한숨을 내뱉던 이진용에게 김진호의 목소리가 들렸다.

"또 뭡니까?"

-요즘은 저런 것도 액세서리로 나오냐?

"뭐 말입니까?"

-저거.

김진호는 말과 함께 그라운드에서 몸을 풀기 시작한 선수들의 머리 위를 손가락으로 가리켰다.

그제야 이진용도 볼 수 있었다.

-요즘은 사람 머리 위에 숫자도 반투명하게 띄울 수 있구나. 대단하다. 10년 동안 세상 참 많이 바뀌었어.

선수들의 머리 위에 있는 숫자들을.

'3포인트, 4포인트, 2포인트…….'

선수들의 머리 위 포인트를 하나하나 가늠하던 이진용은 슬그머니 김진호를 바라봤다.

자신과 똑같은 것을 볼 수 있는 김진호가 이진용의 시선에 화답하듯 말했다.

-대충 감이 온다. 저기 있는 선수들을 잡으면 저 포인트를 얻을 수 있다, 라는 모양이다.

"룰렛 한 번 돌리는 데 1천 포인트. 그럼 4포인트짜리 타자를 250번 잡으면 되겠군요. 한 경기에 7이닝 던지면 잡을 수 있는 아웃카운트가 21개이니까, 12경기를 나와야 하고, 일주일에 한 경기씩 뛴다면……."

혼잣말을 하던 이진용은 말을 멈췄다.

그러고는 두 손으로 얼굴을 감쌌다.

'빌어먹을!'

-사진만 보고 소개팅에 기대감 품고 나왔는데, 알고 보니 포샵질이었던 느낌이야?

그런 이진용의 심정을 김진호가 아주 단순명쾌하게 정리해줬다.

이진용은 대답하지 않았다.

그런 그의 모습에 김진호가 피식 웃었다.

-새끼, 그럼 사회인 야구하는 양반들 잡아서 100포인트씩 나올 줄 알았어? 사회인 야구에서 레벨업 좀 하고 바로 메이저리그로 가서 배리 본즈나 에이로드 같은 애들하고 싸울 줄 알았어?

"당장 메이저리그 가도 그 둘하고 못 붙어요. 둘 다 은퇴했습니다."

-그래? 그럼 누가 좋으려나…… 아, 요즘 푸홀스 뛰지?

"예, 뜁니다."

-사회인 야구에서 레벨업 좀 하고 바로 메이저리그로 가서 푸홀스 같은 애들…….

그 순간 이진용은 김진호의 말을 바로 잘랐다.

"이렇게까지 시작부터 어려울 줄 몰랐습니다."

-원래 다 그런 거야. 나도 처음에 야구가 어려웠어. 특히 혈혈단신으로 고등학교 졸업하자마자 메이저리그 갔을 때 얼마나 힘들던지…… 너무 힘들어서 내가 메이저리그 첫 시즌에

20승밖에 못 했다니까?

"좀 닥쳐요."

-장난이야, 장난. 어쨌거나 긍정적으로 생각하자고. 사회인 야구에서도 1년 뛰면 얼추 룰렛 두어 번은 돌릴 수 있다는 거잖아? 그리고 당연히 사회인 야구에서도 선출이나, 아니면 한국프로야구 2군 선수, 1군 선수는 포인트가 더 높을 거 아니야?

그때 김진호가 무언가를 발견한 듯 소리쳤다.

-봐봐! 쟤는 100포인트다.

그 말에 이진용이 잽싸게 고개를 들었다.

그제야 이진용 역시 볼 수 있었다.

그라운드 한구석에서 두꺼운 야구 점퍼를 입고, 모자를 푹 눌러쓴 채 조용히, 하지만 깊게 스트레칭을 하고 있는 사내의 머리 위에 100이라는 숫자가 아른거리는 것을.

'진짜네?'

그 순간 이진용의 눈빛이 반짝였다.

동시에 깨달았다.

"……왜 100포인트짜리가 사회인 야구, 그것도 3부 리그 수준인 동네 친선 시합에 있는 겁니까?"

지금 이곳에 이상한 일이 일어나고 있다는 것을.

TV로 야구를 볼 때 마운드 위에 있는 투수가 130킬로미터짜리 공을 던지면 느려 보인다.

하지만 만약 현실에서 타석에 선 채로 투수가 던지는 130킬로미터짜리 공을 보면 결코 느린 게 아니라는 것을 알게 된다.

타격도 마찬가지다.

타석에 선 타자가 투수가 던진 130킬로미터짜리 직구에 헛스윙을 하면서 춤을 추는 걸 본다면 절로 실소가 지어지지만, 만약 야구장에서 프로 수준의 상대 팀 타자가, 그것도 언제든 홈런을 만들 수 있는 타자가 보여줄 수 있는 제대로 된 스윙을 보면 절대 실소 따위는 지어지지 않는다.

지금 블랙 타이거즈가 그러했다.

후웅!

"스윙, 스트라이~크!"

배트가 바람을 가르는 소리와 함께 곧바로 주심의 스트라이크 콜이 나왔을 때, 블랙 타이거즈의 벤치에 있는 선수들의 입에서는 동시에 같은 소리가 나왔다.

"어우……."

이진용 역시 같은 소리를 내뱉었다.

그런 이진용에게 그의 옆에 앉아 있는 김진호가 설명을 첨부해 줬다.

-폼은 좋군. 파워도 있고. 지금 한국프로야구 수준이 어떤지는 모르겠지만, 저 파워는 확실히 홈런을 만들 수 있어. 무엇보다 피지컬이 매력적이군. 키는 188센티미터 정도, 체중은 100킬로그램 안팎. 유연성도 괜찮고. 뭐, 프로가 피지컬만으로 되는 건 아니지만 피지컬만 놓고 보면 프로에서 뛰기에 부족하진 않군. 아니, 한국프로야구 레벨에서 본다면 수준급이야. 내가 아는 한국프로야구 기준으로.

그 첨부에 이진용이 나지막이 혼잣말을 중얼거렸다.

"프로에서 통하는 수준이면 프로에서 뛰어야지 왜 사회인야구에서 뛰고 지랄이야."

-야, 크게 말해. 안 들려.

그때 누군가 소리쳤다.

"젠장, 저 녀석 대학야구 리그에서 3연타석 홈런 쳤던 녀석이야!"

그 말에 모두가 고개를 돌렸고, 한 곳을 바라보자, 시선을 집중 받은 이가 말을 이어갔다.

"부상 때문에 잠깐 야구를 쉬었는데, 이야기 들어보니까 내년부터 고양 스타즈에서 뛰면서 프로 준비할 놈이래!"

"고양 스타즈? 독립 구단인 고양 스타즈?"

"어."

"거기 작년에 프로만 3명 배출했잖아."

"어."

"거기 입단한다는 건 사실상 거의 프로 수준이라는 거 아니야?"

"레드 이글스 이 개쓰레기 새끼들! 선출도 아니고 현역 프로 수준을 내보내다니!"

벤치 분위기가 어수선해지기 시작했다.

그 순간.

빠악!

강렬한 소리가, 마치 벼락이 고목나무를 내리쳐 쪼개는 듯한 소리가 좌중을 침묵하게 했다.

그 소리에 모두가 그라운드로 고개를 돌렸다.

그러자 그들은 펜스를 가뿐히 넘어가는 포물선 하나를 볼 수 있었다.

레드 이글스의 3번 타자, 박준형이 오늘 연타석 홈런을 때리는 순간이었다.

-야, 사장이 너 본다.

그 순간 이진용은 직감했다.

'아, 씨발.'

자신이 오늘 저 괴물을 상대해야 한다는 것을.

부상.

신이 내린 재능조차 고꾸라뜨릴 수 있는 이 무시무시한 것 앞에서 무릎을 꿇은 천재들은 굳이 일일이 사례를 언급할 필요가 없을 정도로 많다.

"쳤다! 쳤어!"

"넘어가나? 넘어가?"

"간다, 간다, 간다…… 뻥 간다!"

"넘어갔다!"

"3연타석 홈런! 요시 그란도 시즌!"

박준형, 그의 경우에도 그랬다.

어릴 때부터 언제나 동년배를 압도하는 피지컬 덕분에 스카우트들의 관심을 받았지만, 고교 시절 부상으로 부진.

결국 프로야구 신인 드래프트에서 기대보다 훨씬 낮은 지명 순위와 계약금을 선택하는 대신 대학 진학을 선택했으나, 대학에서도 부상을 입으면서 결국 신인 드래프트 재수마저 실패.

재능은 있지만, 부상 때문에 프로의 세계에 오지 못한 이들이 보여주는 흔한 케이스였다.

"으하하! 준형아, 잘했다, 잘했어!"

"이제 그냥 바로 프로 가도 되겠는데?"

"우리 준형이, 오늘 하고 싶은 대로 해!"

하나, 박준형은 여기서 다른 이들과 달리 야구를 포기하지 않았다.

공익근무요원으로 군 복무를 하는 동안 훈련을 멈추지 않았고, 결국 내년 2017년부터는 프로야구와 가장 가까운 곳이라고 할 수 있는 독립 구단 고양 스타즈의 유니폼을 입게 됐다.

사실 박준형 본인이 원했다면 육성선수로, 소위 3군 선수로 프로 구단에 입단할 수도 있었지만, 그는 그러지 않았다.

곧장 프로 구단의 가장 밑바닥부터 시작하는 대신, 자신의 은사가 코치로 있는 고양 스타즈에서 더 철저하게 자신의 기량을 갈고닦은 후에 보다 당당하게 프로에 입단하는 것을 목표로 삼았다.

"으하하! 이 사장 표정 봐! 내가 이날을 위해 준형이를 아끼고 아꼈다! 준형아, 수고했다!"

"감사합니다."

"감사하긴, 내가 더 고맙지. 그동안 수고했다. 내년부터는 이것도 못 보겠네. 아니, 다음 달이지. 다음 달부터 합숙한다고 했지?"

"예."

"프로에 입단하면 꼭 한 번 와라. 내 거하게 대접해 주마."

"아닙니다. 제가 그때 꼭 보답하겠습니다."

"그래, 그래. 수고했다."

당연한 말이지만 그런 박준형에게 있어 지금 시합은 시합조차 아니었다.

자신이 재활을 하는 동안 자신을 보살펴 준 공장 사람들과 사장에 대한 보답일 뿐.

'오늘 게임은 끝이군.'

박준형은 오늘 경기에 그 이상 의미를 둘 생각이 없었다.

그리고 앞으로도 그는 오늘 경기에 의미를 둘 생각이 없었다.

오늘 경기에서 누군가를 안중에 두는 일은 더더욱 없었다.

-이야, 3연타석 홈런이네. 진용아, 어떻게 하냐? 너 쟤랑 붙어서 이길 수 있겠어?

"신이시여, 부디 소나기 한 번 부탁드리옵니다. 기왕 소원하나 들어주시는 김에 제 옆에 있는 귀신도 좀 잡아갈 저승사자도 한 명 보내주시고요."

-신이시여, 부디 제 소원을 들어주시옵소서. 제 소원은 얘 소원을 안 들어주시는 겁니다.

"뭐라고요? 왜 그래요?"

-넌 왜 그래? 저승사자라니? 진짜 오면 어쩌려고?

당연히 그런 박준형은 벤치에서 자신을 보며 쉴 새 없이 중얼거리는 사내에 대한 관심 역시 없었다.

그런 박준형이 그 사내에게 관심을 두게 된 건 경기가 7회 초에 접어들었을 때였다.

사회인 야구에서는 대개 2시간 7이닝 룰이란 게 있다.

일단 정규이닝은 7이닝까지다.

하지만 경기 시간이 2시간이 지나면 이닝이 5회든, 3회든 혹여 1이닝만 했어도 거기서 그만둔다.

블랙 타이거즈와 레드 이글스, 7회에 임하는 두 팀의 자세가 달라질 수밖에 없는 상황.

그런 배경을 가진 채 시작된 7회 초, 양 팀의 점수는 7 대 6으로 블랙 타이거즈가 1점 차 리드를 하는 중이었다.

"여기까지 왔다. 이번 이닝만 막으면 돼."

"준형이가 홈런을 세 개나 쳤는데도 7회에 1점 차로 지고 있다니, 미치겠네!"

박준형이라는 말도 안 되는 슬러거의 존재감에 오히려 지고 있다는 사실이 특이하긴 했지만, 그게 야구라는 놈이었다.

타의 추종을 불허하는 압도적인 타자 한 명이 있다고 해서 경기를 무조건 이길 수 없는 스포츠.

"볼!"

한편으로는 타자 한 명이 기적을 일으키기도 하는 스포츠.

그리고 7회 초, 레드 이글스가 공격을 하는 그 이닝에 그 기적이 일어나기 위한 모든 상황이 펼쳐졌다.

"장 대리, 야이 개새끼야! 거기서 3연속 볼넷을 던지면 어떻게 해?"

"으하하! 공짜 만루 아리가또 데스네!"

선두 타자를 잘 잡은 블랙 타이거즈의 마무리투수 장주원 대리가 3연속 볼넷을 주며 1사 만루 상황을 만든 것이다.

"박준형인데, 박준형인데~!"

그 상황에서 타석에 서는 타자는 오늘 연타석 홈런을 기록한 박준형.

앞서 말했듯이 타자 한 명이 기적을 일으킬 수 있는 모든 무대가 마련되는 순간이었다.

"저 괴물은 왜 또 나와?"

"레드 이글스 치사한 새끼들! 양심적으로 네 번 연속 씹사기 캐릭터를 쓰면 안 되지!"

"우린 안 될 거야."

당연한 말이지만 이 참담한 상황 속에서 블랙 타이거즈 선수들의 얼굴은 새하얗게 변해 있었다.

그 누구도 정상적인 판단과 사고가 불가능했다.

그 상황 속에서 오로지 한 명.

"교체! 투수 교체! 투수 교체라고!"

이번 게임에 그 누구보다 많은 것, 돈 3백만 원이 걸린 이 사장만이 어쨌거나 행동했다.

"진용이! 진용이가 나가라!"

그렇게 이 사장이 이진용에게 사형선고를 내렸다.

"야, 이진용."

"예."

"절대 한 점도 주지 마. 잡아버려! 못 잡으면 내일 출근할 생각은 꿈도 꾸지 마!"

사장의 진심이 듬뿍 담긴 말에 이진용은 고개를 끄덕이며 대답했다.

"내일 일요일인데 출근 같은 소리 하네."

물론 그것은 사장과 등을 돌린 후에 거리가 제법 된 후에 나지막한 목소리로 내뱉은 소리였다.

오로지 한 명만이 들을 수 있는 크기의 목소리.

-상황 끝내주네. 마치 누가 일부러 각본을 쓴 것 같다. 안 그래?

그 목소리를 들을 수 있는 유일한 사내, 김진호가 이진용을 따라 마운드로 걸어가며 말했다.

그러나 이진용은 이번만큼은 김진호를 향해 입 닥쳐, 김진호! 같은 말은 하지 않았다.

"그런 말 할 시간 있으면 조언이나 좀 해줘요."

이 순간 그에게는 김진호의 목소리가 어느 때보다 절박했으니까.

-조언? 내가 어떻게?

"메이저리그의 지배자였잖아요? 뭐든 좋아요, 여기서 도움이 될 만한 것 좀 해줘요."

-음, 일단 그 부분에 있어서 몇 가지 중요한 점이 있어. 일단 넌 나처럼 100마일짜리 패스트볼도 없고, 90마일짜리 슬라이더도 없고, 페드로 마르티네스에게 직접 전수받은 체인지업도 없고, 내가 취미 삼아 배웠는데 마구라고 평가받은 포크볼도 없지.

"내가 그런 게 있었으면 여기 있겠어요?"

-하나 더. 난 단 한 번도 투수들이 지저분하게 만든 마운드 위에 오른 적이 없었어.

"예?

-메이저리그 11시즌 동안 나온 모든 경기, 마이너리그 1시즌을 포함해 12시즌 동안 나온 모든 경기에서 난 선발로 나왔다고. 하물며 이렇게 지저분한 이닝 스코어, 지저분한 그라운드 상황에서 마운드에 올라온 적은 없었지. 정리하면 이런 상황은 나도 꽤 어색하다, 이 말이지.

"예예, 잘나서서 좋으셨겠습니다."

거기까지 대화를 했을 때 이진용은 마운드 위에 서 있었다.

"어휴."

이진용의 입에서 뿜어지는 한숨의 하얀 입김이 마치 봉분 위로 피어오르는 향처럼 보였다.

적어도 이진용의 눈에는 그랬다.

"진용아, 일단 다섯 개만 던져보자!"

그런 이진용을 향해 포수 마스크를 쓴 성 부장이 말을 건넸다.

건넨 말은 그게 전부였다.

이렇게 가자, 저렇게 가자, 그런 말은 없었다.

아는 거다.

이진용에게 박준형을 잡을 능력 따윈 없으며, 결국 이 게임은 끝장난 게임이고, 게임이 끝장나면 사장님의 분노를 잠재우기 위해 누군가 한 명을 산 제물로 바쳐야 한다는 것을.

눈치와 아부로 부장까지 오른 성 부장이 그런 사실을 눈치채지 못했을 리 없다.

'나한테 덤터기를 씌울 생각이군.'

그리고 눈치 빠른 이진용 역시 그것을 모를 리 없었다.

-그냥 볼넷으로 골라.

그때 김진호가 말을 건넸다.

-여기서 만루 홈런 맞고 3점 차로 역전당하는 것보단 동점

되는 게 낫잖아? 아직 7회 말도 남아 있고.

"그렇죠?"

그 말을 내뱉으며 이진용은 실전 투구에 앞서 연습 투구로 첫 번째 공을 던졌다.

펑!

꽈배기처럼 비틀어진 이진용의 몸에서 나온 공이 그대로 성 부장의 미트에 들어갔다.

"오케이, 좋아!"

성 부장이 말과 함께 공을 돌려줬고, 그 공을 받은 이진용이 다시 공을 던질 준비를 하며 나지막이 중얼거렸다.

"역시 거르는 게 최선이겠죠?"

-응, 그냥 거르자고. 거르면서, 너에게 찾아온 기회도 같이 거르고.

김진호의 말을 듣고 던진 이진용의 두 번째 공이 성 부장의 미트 너머로 크게 빠졌다.

"진용아, 릴렉스! 빠진다! 영점 잡아!"

성 부장이 새로운 공을 던져주며 말했다.

그러나 그런 그의 목소리는 이진용의 귀에 들리지 않았다.

글러브로 공을 받은 이진용이 그 글러브로 자신의 입을 가리며 분명하게 말했다.

"그게 무슨 소리입니까? 기회도 같이 거르라니?"

그런 이진용을 향해 김진호는 무덤덤한 표정과 목소리로 말을 이어갔다.

-야구 선수를 목표로 뛰는 모든 이들이 바라는 기회가 왔지만, 본인이 하기 싫다면 어쩔 수 없지. 그러니까 그 기회를 거르라고.

"그러니까 그게……."

-이제부터 네가 야구를 본격적으로 시작한다면, 장담컨대 피지컬이나 경험이나 능력 면에서 너보다 약한 이는 없어. 넌 언제나 다윗이고 네 상대는 골리앗이겠지. 지금 저기 재는 앞으로 마주할 선수에 비하면 골리앗 수준도 아니야. 그냥 골리앗 만나러 가는 길에 조우한 골리앗 새끼 정도 되겠지. 그런데 이것도 피한다? 그럼 뭐하러 고생을 해? 그냥 일찌감치 포기하는 게 낫지.

빠득!

이진용은 그 말에 이를 꽉 물었다.

그리고 세 번째 공을 던졌을 때, 그 공은 아주 정확하게 성 부장의 미트를 파고들었다.

"오!"

"어?"

이번에 반응은 성 부장의 입이 아니라, 좌중에서, 연습 투구를 바라보던 몇몇 이들의 입에서 나왔다.

"재 누구야?"

"생각보다 공이 잘 들어가는데?"

"구속은 느리지만, 그래도 제구가 되는 애 같은데?"

그 소란 속에서 이진용은 김진호에게 말했다.

"그러니까 저 괴물하고 맞붙으라고요?"

-너랑 비슷한 투구폼으로 던지던 투수가 남긴 명언이 있어.

그 말에 이진용은 곧바로 한 투수를 머릿속으로 떠올릴 수 있었다.

노모 히데오.

일본이 낳은 최고의 투수였던 그는 모두가 안 된다고 하는 상황 속에서 메이저리그에 도전했고, 성공했다.

성공한 후에 세상을 향해 이런 말을 남겼다.

"소시민은 항상 도전자를 비웃는다."

-사실 이건 도전도 아니야. 넌 지금 월드시리즈에 있는 투수도 아니고, 스카우트들이 줄지어 늘어선 경기장에 올라온 투수도 아니야. 심지어 이 경기는 기록조차 남지 않는 경기이지. 높이로 따지면 여긴 지상에서 대충 10센티미터 되는 곳이야. 바닥에서 살짝 떠 있지. 넌 그런데 여기서 추락하는 걸 무서워하고 있어.

그 말을 듣는 순간 이진용은 숨을 골랐다.

그리고 네 번째 공을 던졌다.

펑!

이번에도 공은 제구가 되어 성 부장의 미트를 정확하게 파고들었다.

포수 입장에서는 미트만 가져다 대면 공이 자석처럼 알아서 달라붙는 느낌.

"오케이!"

성 부장이 크게 소리쳤고, 대기 타석에서 몸이 식지 않게 거듭 몸을 풀고 있던 박준형의 눈매가 가늘어졌다.

그러나 그런 것들은 이진용의 눈과 귀에 조금도 들어오지 않았다.

"제가 승부를 할 수 있을까요?"

-뭐, 승패는 까봐야 알겠지만, 어쨌거나 네가 맞짱을 피할 겁쟁이가 아닌 건 분명하지. 그 어떤 겁쟁이도 마운드에 올라올 순 없거든.

"그래요?"

-단지 그 어떤 대단한 인간도 마운드에 올라오면 겁쟁이가 될 뿐이지만.

그 말을 듣는 순간 이진용이 피식 웃었다.

그리고 다섯 번째 공을 던졌다.

퍼엉!

그 공은 오늘 그라운드를 수놓은 소리 중 가장 좋은 소리를 내며 미트를 파고 들어갔다.

"어?"

"저놈 뭐야? 공 좀 던지는 거 같은데?"

"구속은 100쯤 나오는데, 공에 힘이 있는데?"

좌중이 그 소리에 모두 반응할 정도.

그 순간 주심이 소리쳤다.

"플레이볼!"

그 선언을 시작으로 다시금 그라운드가 사람으로 채워지기 시작했다.

야수들이 포지션을 잡았고, 세 명의 주자들이 각 베이스를 밟으며 만루 상황을 만들었다.

그리고 타석에 박준형이 섰다.

[1사 만루 상황입니다.]

[위기 상황 보너스가 적용됩니다.]

[첫 타자를 상대합니다.]

[첫 타자 보너스가 적용됩니다.]

'응?'

-이건 또 뭐야?

그러자 타석에 선 박준형의 머리 위의 숫자가 빠르게 올라가기 시작했다.

[삼구삼진으로 타자를 잡을 경우 추가 포인트를 획득하실 수 있습니다.]

[최초로 타자를 상대합니다. 타자를 삼진으로 잡을 경우 추가 보상을 얻으실 수 있습니다.]

이윽고 박준형의 머리 위 숫자가 350포인트가 되어 있었다.

-와! 말도 안 돼! 이렇게 퍼주는 게 어디 있어? 이거 완전 쓰레기 게임 아니야?

그 숫자 앞에서 이진용의 심박수도 빠르게 오르기 시작했다.

'이것 봐라?'

그 덕분이었다.

더 이상 12월의 추위를 느끼지 않을 수 있었던 건.

'그래, 까짓것 만루 홈런 맞으면 회사 옮기지 뭐!'

이진용, 그가 6년 만에 마운드 위에서 타오르기 시작했다.

7회 초.

점수는 7대6, 1점으로 뒤지고 있는 레드 이글스의 마지막

공격 이닝.

주자 상황은 1사 만루 상황.

타석에 있는 타자는 신장 188센티미터에 체중은 100킬로그램쯤 되어 보이는 근육 빵빵한 슈퍼맨.

마운드에 있는 투수는 신장 170센티미터에 체중은 68킬로그램에 불과한 그냥 평범한 남자 사람.

'내가 가진 장점은 하나다. 오늘 저 박준형이란 놈이 내 공을 보는 게 처음이라는 것.'

누가 보더라도 주인공과 엑스트라의 역할이 분명해 보이는 이 무대 속에서 엑스트라, 이진용은 생각했다.

'공이 눈에 익숙해지면 안 돼. 그럼 많은 공을 던져서도 안 돼. 최대한 적은 공으로 승부를 봐야 한다.'

이길 생각.

말 그대로였다.

지금 이 순간 엑스트라에 불과한 이진용은 저 슈퍼맨을 상대로 승리를 거둘 생각만을 하고 있었다.

만약 누군가 이진용의 속마음을 엿들었다면 비웃음이 절로 지어졌을 법한 일.

그 정도로 가소롭다 못해 가련하기 그지없는 일.

'못할 건 없어.'

그러나 이진용에게 있어 그것은 이상한 일이 아니었다.

이제까지 이진용은 그래왔으니까.

이진용이 고비 앞에 무릎을 꿇고 야구를 그만두긴 했지만, 그는 단 한 번도 야구 앞에서 불성실했던 적은 없었다.

동시에 이진용의 야구 인생에서 남들을 재능으로 압도했던 적은 초등학교 시절이 유일했다.

김진호의 말이 맞았다.

그는 다윗이 싸우는 법을 알고 있었다.

'놈의 피지컬은 프로급이다. 하지만 진짜 프로에서 통할 놈이었으면 프로에 있겠지. 여기에 있다는 건 완전한 프로는 아니라는 것.'

때문에 이진용은 등줄기에 땀방울이 맺힐지언정 자신이 마주해야 하는 것으로부터 외면하지 않았다.

이윽고 그는 답을 내놓았다.

'초구는 존에 넣는다. 저쪽도 당장 초구를 노리기보다는 내 공을 한 번 보고 견적을 짜겠지.'

답이 나오는 순간 그는 망설임 없이 그 답을 실천했다.

마운드 위에 섰고, 슬쩍 1루와 3루를 두리번거리며 주자들에게 눈빛을 쏘았다.

그 후 발을 움직이는 것으로 그라운드를 보는 모든 이들에게 공을 던지겠다는 신호를 보냈다.

그 신호를 보냄과 동시에 몸을 꽈배기처럼 꼰 후에 그것을 풀어냈다.

펑!

그렇게 이진용의 손을 떠난 공은 성 부장이 내밀고 있는 포수 미트 안으로 가볍게 들어갔다.

"스트라이크!"

주심은 곧바로 스트라이크를 선언했다.

그뿐이었다.

벤치나 주자들, 야수들은 그 사실에 큰 의구심이나 문제점을 가지지 않았다.

'하나 봤네.'

'하나 봤구나.'

이 게임은 이미 박준형이 지배하는 게임이 되어 있었으니까.

공이 스트라이크존에 들어갔다? 그건 투수가 집어넣은 게 아니라 타자가 들어가도록 허락한 것이다.

실제로도 그랬다.

'이런 느낌이군.'

박준형은 이 순간 초구 스트라이크가 잡혔다는 사실에 별 의미를 두지 않았다.

'구속은 100킬로미터 중반 정도. 무브먼트는 나쁘지 않아. 그리고 저 투구폼. 확실히 타이밍이 다른 투수와는 다르다.'

박준형의 머릿속에 오늘 자신이 삼진을 당한 채 고개를 절레절레 흔들면서 타석에서 물러나는 그림은 조금도 그려지지 않았으니까.

'타이밍만 잡으면 못 칠 이유는 없다.'

그가 그릴 수 있는 최악의 그림은 그가 친 공이 빗맞아서 외야 플라이로 끝나는 것, 그뿐이었다.

그게 이유였다.

'좀 더 봐도 좋겠어.'

박준형이 공을 보는 이유.

그는 최악의 그림을 피하고 싶었고, 그러기 위해서는 다른 무엇보다 배트에 공이 빗맞는 것을 피해야 했으니까.

-하나 더 볼 거야.

그런 그의 심리를 파악하는 이가 있었다.

"예, 제 생각도 그래요."

그것도 하나가 아니라 둘이나.

"재 입장에서는 땅볼이나, 플라이가 나오는 게 가장 최악의 상황일 테니까요."

마운드에 있는 둘은 지금 이 순간 박준형의 심리를 정확하게 읽을 수 있었다.

물론 심리를 읽는다고 해서 야구는 끝이 아니었다.

"문제는 어설프게 존에 들어가는 공이면 가만히 있을 리가 없다는 거죠."

-아무렴. 어설프게 오면 아마 공을 우주로 날릴걸?

박준형이 최대한 공을 보리란 건 알았다.

하지만 그렇다고 해서 치기 좋은 공이 오는 데 가만히 있겠다는 의미는 아니다.

만약 조금 전과 같은 공이 나오면 박준형은 전심전력을 다해 그 공을 먼 곳으로 보낼 것이다.

그렇기에 이 순간 김진호가 기꺼이 조언을 뱉었다.

-야구는 심장으로 하는 게 아니라, 신장으로 하는 거다.

"누가 그런 말을 했습니까?"

마운드에서 글러브로 입을 가린 이진용이 반문했다.

-내가 지금 지어낸 거야.

"틀린 거 아닌가요? 심장하고 신장하고. 혹시 신장이 콩팥을 의미하는 건 아니겠죠?"

-내 국어 능력을 너무 얕보네? 내가 학교에서 시험 보면 국어 점수가 제일 높았어.

"할 말만 하세요. 더 이상 시간 끌면 경고받아요."

-투수는 신장이 높으면 유리해. 타점이 높아지니까. 그런데 타자는 반대야. 신장이 크면 스트라이크존도 커지지.

"다 아는 소리를 하시네."

-아, 나 기분 다운됐어. 말 안 할래. 알아서 해.

김진호가 입을 다물었다.

그 사실에 이진용은 미소를 지었다.

'김진호 선수 말이 맞아. 높거나 낮은 공, 분명 아슬아슬하게 존을 걸치는 그 공에는 선불리 배트가 나오지 않겠지.'

그때 이진용이 읊조렸다.

"심기일전."

그러자 이진용의 눈에 별이 보이기 시작했다.

펑!

포수 미트에 공이 들어오는 순간, 박준형의 머릿속을 스친 생각은 하나였다.

'들어왔나?'

그 생각에 대한 답은 곧장 나왔다.

"스트라이크!"

주심의 말에 박준형은 입가를 찌푸렸다.

박준형의 반응은 거기까지였다.

'들어왔군.'

하루 이틀 야구를 해본 박준형이 아니다. 자신의 스트라이크존이 일반 선수들보다 위아래가 크다는 건 그에게 너무나도 당연한 일이었으니까.

하지만 주변은 그러지 못했다.

“씨발, 저게 무슨 스트야? 높았잖아!”

“아니, 눈깔이 달렸으면 볼이지! 저걸 스트로 잡아주는 게 말이 돼?”

“나가? 나가? 벤클 함 일으켜 봐?”

레드 이글스 벤치에서는 폭발한 화산과도 같은 격한 반응이 뿜어지기 시작했다.

블랙 타이거즈 벤치도 다를 건 없었다.

“캬, 주심 판정이 아주 칼이네, 칼. 눈에 현미경을 넣으신 모양이네.”

“레드 이글스 새끼들, 괴수를 세워뒀으면 양심이 있어야지. 저 거인한테 저 정도 높은 건 잡아줘야지.”

“주심님, 퇴장! 저 새끼들 말 안 들으면 레드카드 뽑으세요!”

그 소란 속에서 마운드의 이진용은 들뜬 기색 대신 차갑게 가라앉은 눈으로 타석을 바라봤다.

‘두 개 잡았다.’

이제 아웃카운트까지 남은 스트라이크는 하나.

‘문제는 이제 앞으로인데.’

그러나 이진용은 결코 망각하지 않았다.

자신이 두 개의 스트라이크를 잡은 대가로 잡자던 사자의 콧구멍에 손가락을 집어넣었다는 것을, 그것도 양쪽에 동시에 집어넣었다는 것을.

지금 자신이 상대할 박준형은 성난 사자와 다를 바 없는 맹수라는 것을.

-어지간한 공은 다 걷어낼 거야. 하물며 네 똥볼은 저 정도 레벨의 타자에게 티볼이나 같지. 티볼이 뭔지는 알지? 그냥 공 세워두고 치는 걸 티볼이라고 해.

"정말 눈물 날 정도로 고마운 조언이네요."

그렇기에 이진용은 고민하지 않았다.

어떻게든 자신의 공을 치려는 타자, 그 타자를 이진용이 공략할 수 있는 법은 오직 하나였으니까.

때문에 이진용은 기꺼이 성 부장을 향해 자신이 던질 구질에 대한 사인을 줬다.

오른손의 검지와 중지를 펴서 자신의 어깨 올려놓았다.

그 사인에 김진호가 미소를 지으며 말했다.

-그냥 사슴 새끼인 줄 알았는데 개새끼였네. 그것도 아주 제대로 된 사냥개 새끼.

박준형이 후회를 시작한 건, 자신을 향해 날아오던 똥볼이 더 이상 똥볼이라고 부를 수 없을 정도로 느린 공이 될 무렵이었다.

그 후회는 곧바로 결과로 나왔다.

후웅!

박준형의 배트가 너무나도 힘이 없어 추락하듯 떨어지는 공 앞에 허공만을 갈랐다.

그 광경 앞에서 모두가 경악했다.

너무나 경악해서 잠시 동안 사고가 멎을 정도.

심지어 주심마저도 이 상황에 놀란 듯했다.

그 상황에서 사고가 가능한 건 둘뿐이었다.

-야, 3루.

'3루?'

그리고 그 둘 중 행동이 가능한 건 한 명뿐이었다.

"성 부장님, 3루!"

"엉?"

그 한 명의 행동이 곧바로 주변을 깨웠다.

이진용의 외침에 공을 잡은 성 부장이 얼빠진 표정을 지은 채 3루를 바라봤다.

그러자 3루와 홈, 그 중간 지점에 있는 3루 주자가 얼빠진 표정으로 홈을 바라보는 모습이 보였다.

그제야 멈춰 있던 시간이 흘러갔다.

"3루 빽!"

"3루 던져!"

양 팀 벤치에서 우레와 같은 소리가 동시에 터져 나왔고, 그 소리가 터짐과 동시에 포수인 성 부장이 3루를 향해 공을 던졌다.

퍽!

그렇게 포수의 손을 떠난 공이 3루수의 글러브를 향해 들어갔을 때 3루 주자는 3루 베이스로 돌아가는 것을 포기했다.

"씨발!"

자신의 심정을 짤막한 두 글자로 토해내며 이번에는 홈을 향해 달려가기 시작했다.

그러나 3루수가 훨씬 더 빨랐다.

"터치! 터치!"

단숨에 자신의 글러브로 3루 주자를 터치한 3루수가 3루심을 향해 격렬히 소리쳤다.

그 광경을 본 3루심이 주먹을 불끈 쥐었다.

터치아웃.

7회의 마지막 아웃카운트가 잡히는 순간.

"으랴아!"

-맘마미아!

그 순간 마운드에 있는 이진용과 김진호가 오른 주먹을 불끈 쥐고 하늘 높이 들었다.

그런 그 둘의 눈앞에는 보였다.

[삼구삼진으로 타자를 잡았습니다. 포인트 보너스가 추가됩니다.]

[위기를 막았습니다. 포인트 보너스가 추가됩니다.]

[최초로 삼구삼진을 잡았습니다. 브론즈 룰렛 1회 사용권이 지급됩니다.]

[현재 누적 포인트는 460포인트입니다.]

달콤한 승리의 결과물이!

독립 리그.

말 그대로 프로 리그와 다르게 독립된 채 운영이 되는 리그를 말함이다.

당연한 말이지만 모든 부분이 열악하다.

팀의 숫자도 적고, 선수들의 숫자도 적으며 당연히 선수들 수준도 프로 리그보다 떨어진다.

그런 독립 리그의 수준은 사회인 야구 리그와 프로 리그, 그 중간쯤에 위치해 있다.

흔히 말하는 준프로들의 무대인 셈.

독립 구단인 고양 스타즈가 있는 무대는 그런 무대였다.

“먼 길 오시느라 수고하셨습니다. 그보다 갑자기 오신다고 하셔서 놀랐습니다. 무슨 일이십니까?”

“그냥 지나가는 길에 들렀어요. 오래 있을 순 없어요.”

벤츠 G65 AMG 모델, 그 가격만 4억 원에 이르는 어마어마한 값을 자랑하는 그 각진 차량을 자가용 삼아 다니는 여인, 175센티미터의 훤칠한 키, 숏컷 머리가 너무나도 잘 어울리는 모델보다 더 모델 같은 고양이 외모를 가진 여인에게 어울리는 무대는 아니었다.

“그보다 박준형 선수는 어디에 있나요?”

하물며 그녀는 단순한 미녀가 아니었다.

구은서.

현성그룹의 현 회장인 구정범 회장의 손녀이자, 현성그룹의 가장 핵심 기업인 현성 전자의 회장인 구현승의 무남독녀.

“정말 엔젤스에서 준형이를 영입하실 생각이십니까?”

그리고 현재 현성그룹 산하 프로야구 구단인 서울 엔젤스의 운영팀장인 여인이었다.

말이 운영팀장이지, 사실상 구단주나 다름없는 위치.

“결정을 하려고 직접 여기 온 거잖아요? 보지도 않고 거래할 정도로 바보는 아니에요. 그래서 박준형 선수는 어디에 있죠?”

“오늘 시합이 있어서 잠시 빠졌습니다.”

"시합?"

"사회인 야구팀 친선 시합입니다. 그동안 준형이를 보살펴 주던 공장 사장님에게 보답하는 차원에서 나간 겁니다. 지금쯤 끝났을 겁니다. 잠시만 기다리십시오."

잠시 말을 멈춘 고양 스타즈의 감독, 정범석이 스마트폰을 꺼낸 후 곧바로 통화를 시도했다.

통화는 곧바로 이루어졌다.

"어, 준형아. 그래, 시합은 어떻게 됐어? 졌어? 어떻게 하다가? 3연타석 홈런을 쳤는데 7회 초 1사 만루 상황에서 삼진을 당했다고? 알았다."

그리고 금방 끝났다.

통화를 마친 정범석 감독이 쓴웃음을 머금었다.

그런 정범석 감독을 향해 구은서가 짧게 말했다.

"뭔가 재미있는 일이 생긴 모양이네요."

"그런 모양입니다."

"자세한 이야기는 날을 잡아서 듣도록 하죠. 2월 16일, 엔젤스 2군하고 연습 게임 때. 그때 박준형 선수를 선발출전 시켜 주세요."

"알겠습니다."

그녀는 그 대화를 끝으로 아직 엔진도 식지 않은 자신의 차에 탑승하고는 주차장을 빠져나갔다.

그렇게 그녀가 사라진 후에야 고양 스타즈의 투수코치인 김정호가 다가왔다.

"감독님, 대체 무슨 일입니까? 다른 이도 아니고 구은서 엔젤스 운영팀장이 직접 여기까지 오다니?"

김정호 투수코치의 물음에 정범석 감독은 쓴웃음을 지었다.

"저쪽 사정이야 난들 알겠나?"

그 쓴웃음 사이로 나지막이 말했다.

"분명한 건 그녀가 엔젤스 운영팀장이 된 게 구정범 회장이 갑자기 병원에 입원한 다음이라는 것과 구정범 회장이 누구보다 엔젤스의 우승을 바란다는 사실뿐이지."

"설마?"

"뭐, 우리하고는 상관없는 이야기일세. 그보다 준형이 녀석이 사회인 시합에서 삼진을 당했다더군."

"예?"

"7회 초, 7 대 6 1사 만루 상황에서 처음 올라온 투수에게 삼구삼진. 체인지업에 헛스윙을 했다더군."

그 말을 듣는 순간 김정호 투수코치가 헛웃음을 흘렸다.

"대단한 투수가 나온 모양이군요. 선출인 모양입니다?"

"그건 모르겠지만, 그 투수 패스트볼 최고 구속이 100킬로미터 중반이었다고 하더군."

"예? 준형이가 고작 그 정도 구속을 던지는 투수에게 삼구 삼진을 당했다고요?"

김정호 투수코치의 반응에 정범석 감독은 길게 숨을 내뱉었다.

'왠지 느낌이 2017시즌에는 엄청난 일이 일어날 것 같군.'

그 한숨과 함께 정범석 감독은 머릿속의 어지러운 것들을 날렸다.

"조금 전 한 말은 신경 끄게. 한국프로야구 리그 사정보다는 우리 사정이 더 시급하니까. 그래서 현재까지 트라이아웃 신청자 중에 눈에 띄는 선수가 있나?"

◆ 3화 ◆

트라이아웃

"으으."

짤막한 신음과 함께 이진용이 게슴츠레하게 눈을 떴다.

자신의 원룸방 천장이 보였고, 고개를 돌리자 침대 매트리스가 보였다.

그제야 이진용은 자신이 침대 매트리스를 옆에 둔 채 차가운 방바닥에서 자고 있었음을 알 수 있었다.

'왜 갑자기 꿈에 아이스링크가 등장하나 했네. 설마 입 돌아간 건 아니겠지?'

더 나아가 볼 수 있었다.

-음냐…….

자신 대신 침대 매트리스에 대(大)자로 누운 채 단잠을 청하고 있는 유령 하나를.

"헐."

그 유령을 보는 순간 이진용은 어처구니가 없었다.

너무 어이가 없어서 잠시 사고가 정지했을 정도.

그렇게 비어버린 그의 머릿속으로 어제 있었던 기억이 떠올랐다.

"으으!"

그 기억과 함께 지독한 두통도 몰려왔다.

'용케 집에 왔구나. 용케 살아서 왔어.'

어젯밤, 7회 말 7 대 6으로 끝내주는 역전승에 성공한 블랙타이거즈는 거친 환호와 함께 곧바로 음주 파티를 시작했다.

주말마저 알코올로 불태우겠다는 일념 하나로 시작된 술자리는 거듭됐다.

그리고 그 술자리를 이진용은 기꺼이 즐겼다.

"어우."

시합 MVP라는 이유로 모든 회식비 갹출에서 면제를 받게 된 그는 공짜 밥과 공짜 술을 마다할 생각이 없었으니까.

'공짜라고 너무 처마셨어.'

필름이 끊기는 건 당연한 일.

더불어 일어난 이진용이 곧바로 화장실로 향하는 것 역시 당연한 일이었다.

줄줄줄!

'어마어마하게 마셨구나.'

멈추지 않는 소변량으로 어젯밤의 음주량을 체크하던 이진용이 쓴웃음을 지었다.

그렇게 어젯밤에 마신 모든 것을 토해내는 순간, 그제야 이진용은 떠올릴 수 있었다.

'아!'

박준형, 그와의 승부가 떠올랐다.

'잡았구나.'

그는 이진용이 야구를 시작한 이후 상대해 본 모든 타자 중에서 가장 뛰어난 타자였다.

물론 이진용이 그동안 상대한 타자 중 최고라고 해봐야 고교 시절 에이스 정도밖에 없지만, 박준형의 실력은 분명 프로에서도 충분히 통할 법한 실력이었다.

6년 동안 야구를 하지 않았던 이진용 따위가 결코 어찌할 수 없는 수준의 괴물.

그럼에도 불구하고 이진용은 승리했다.

'내가 그 괴물을 잡았어.'

도전했기에 얻을 수 있는 승리였다.

동시에 이진용은 깨달을 수 있었다.

'아.'

"룰렛!"

도전자는 실패를 감수하는 대가로 그만큼의 달콤함도 맛볼 수 있다는 사실을.

'이번에는 뭐가 나올까?'

브론즈 룰렛 이용권!

'또 금색에 걸리면 대박인데.'

정신이 번쩍 든 이진용이 곧바로 매트리스 위에 잠들어 있는 김진호를 깨웠다.

"김진호 선수, 김진호 선수."

-으? 응? 뭐야?

"일어나세요."

-뭔데? 무슨 일이야?

"룰렛 돌릴 겁니다."

룰렛.

그 말에 김진호가 반투명한 자신의 두 눈가를 비빈 후에 그대로 일어났다. 그러고는 붕 떠오른 후에 이진용의 등 뒤에 섰다.

-야, 그전에 네 능력치부터 살펴보자.

"능력치요?"

-밑도 끝도 없이 돈을 베팅하는 건 도박 중독자나 하는 거고, 승부사는 자기 상황을 파악한 후에 베팅을 하지.

"그렇습니까?"

-아니, 그냥 한 말이야. 도박에 그런 게 어디 있냐? 따면 승부사고 잃으면 중독자지.

그 말에 이진용이 피식 웃으며 자신의 상태창을 활성화했다.

[이진용]

-최대 체력 : 59

-최대 구속 : 107㎞

-보유한 구질 : 포심 패스트볼(E), 체인지업(E), 슬라이더(F), 커브(F)

-보유한 스킬 : 심기일전(F)

"저번보다 최대 구속이 2킬로미터 올랐네요. 몸이 풀려서 그런 모양입니다."

-너 최고 구속 몇까지 나와 봤어?

"고교 시절 때요?"

-고교 시절이든 언제든, 야구 인생 중에 던진 공 중에 가장 빠른 공이 몇 나왔어?

"스피드건으로 130도 찍어봤어요."

-구리긴 구리네.

"아니, 130 정도 찍히면 잘 찍힌 거죠!"

-난 컨디션 안 좋은 날에나 슬라이더가 130킬로미터 정도 나오는데.

“그래서 하시고 싶은 말이 뭡니까?”

-스피드건에 찍히는 구속이 뻥튀기되는 걸 고려하면, 일단 패스트볼 평균 구속이 120대 초중반은 나왔다는 거네?

“그렇죠.”

-가장 많이 던져본 건?

“고2 때 황금사자기에서 123구 던져봤어요. 물론 80구 넘어가는 순간부터는 공을 던지는 건지, 공이 내 어깨를 뽑아먹는 건지 구분이 되지 않았지만.”

-정리하면, 넌 120대 중반의 패스트볼을 80구 정도 던질 수 있는 피지컬을 가지고 있는 셈이군.

“6년 전 이야기이죠.”

-6년 전이라고 해봐야 그때 고2였으니 지금 나이라고 해봐야 스물넷밖에 안 됐잖아?

그 순간 김진호가 짧게 말했다.

-그럼 일단 몸부터 만들자. 룰렛도 룰렛인데, 지금 너한테는 룰렛 돌리는 것보다 6년 전의 기량을 되찾는 게 훨씬 더 나을 테니까. 반년 정도 훈련에만 집중하면 충분히 가능해.

“예? 반년이요?”

김진호의 그 말에 이진용의 표정이 굳었다.

"김진호 선수, 저 일해야 하는데요?"

-아, 그러십니까? 그럼 앞으로 사회인 야구 리그에서 2포인트짜리 사회인 야구 선수분들 상대로 포인트 모으시면 되시겠군요. 그 기세면 서른 살 때 잠실구장에서 공 한 번 던지실 수 있으시겠습니다?

명백하게 비꼬는 말투로 말을 내뱉는 김진호 앞에서 이진용이 이를 꽉 물었다.

그러나 이진용은 이 순간 김진호를 향해 그 어떤 항변도 내뱉지 않았다.

김진호가 한 말이 정답이었으니까.

'올해로 스물넷. 아직 젊긴 젊지.'

아직 이진용은 젊다.

'하지만 2년 후에는 스물여섯.'

그러나 모두가 그러하듯 젊음은 영원하지 않은 법.

스포츠 선수에게는 더더욱 그렇다.

'이 2년은 크다.'

프로 선수에게 20대의 1년은 그 무엇과도 비교할 수 없는 가장 가치 있는 나날이다.

그런 상황에서 이진용이 직장 생활을 하며 사회인 야구에서 2~3년이란 시간을 보낸다?

미련한 짓.

적어도 이진용이 야구를 시작했을 때의 꿈을 다시 꾸고자 한다면, 그런 짓만큼은 하지 않아야 한다.

반대로 말하면 이진용이 자신의 꿈을 이루기 위해 해야 하는 것은 분명했다.

"김진호 선수."

-왜 부르십니까?

"혹시 재활 트레이닝 매뉴얼 짜주실 수 있으세요? 제가 그런 건 해본 적이 없어서……."

그 말에 김진호가 씨익 웃으며 말했다.

-훈련 매뉴얼 정도야 껌이지. 자, 그럼 각오도 끝났으니까 룰렛 돌려보자. 자, 신께 빌어보자고. 이번에도 금색 대박 하나만 걸려달라고.

"아니, 어제는 이 게임 밸런스 패치 시급하다고 저주를 퍼부으시더니?"

-그게 좋으면 해줄까? 부정 타게 해줄까? 10년 묵은 귀신의 원한 한번 걸어봐?

"해보시든지요. 왠지 느낌이 좋은 걸 보니까 이번에도 금색 나올 것 같은데."

-지랄하네. 초심자의 행운도 한 번이지, 어차피 이번에 굴려봤자 브론즈 칸에 걸릴 게 뻔하지.

"금색 나옵니다."

-내가 보기엔 똥색이야.

그 대화를 끝으로 이진용이 곧바로 베이스볼 매니저를 통해 룰렛을 활성화했다.

그리고 소리쳤다.

"돌아라!"

-돌아라!

그러자 룰렛이 힘차게 돌기 시작했다.

그리고 이윽고 룰렛이 멈췄다.

-아 놔…… 이건 사기야. 어떻게 이럴 수가 있어? 다시 돌려! 다시 하라고!

"우와! 우와!"

그런 그 둘의 눈동자에 금빛이 반짝였다.

[변화구 묘약]

-등급 : 골드

-효과 : 구질 하나의 등급을 B랭크로 상승시킨다.

"캬!"

이진용이 감탄과 함께 고개를 돌렸다.

"보셨습니까?"

-이건 사기야. 젠장, 1천 원짜리 뽑기를 했는데 100만 원짜

리 상품에 연달아 당첨되는 게 어디 있어?

"어디 있긴 여기 있죠."

-아 몰라. 여하튼 사기야. 무조건 사기야!

"예에, 경찰에 신고하시던가요. 전화 빌려드릴까요? 아, 터치가 안 되시는구나!"

그 말을 끝으로 이진용은 즐거움의 콧노래와 함께 춤을 추기 시작했다.

그럴 수밖에 없었다.

브론즈 룰렛을 2번 돌렸는데 100칸 중 하나밖에 없는 금색 칸에 연달아 걸렸다.

대박이 연달아 터진 격.

"이 기세면 룰렛 한 열 번만 돌리면 프로 입단 정도는 가능하겠는데요? 으하하!"

-좋아하지 마라. 옛말에 첫 끗발이 개 끗발이란 말이 있어.

"시작이 반이다, 라는 말도 있죠."

-쳇! 이렇게 된 이상 아주 치 떨리는 훈련 매뉴얼로 조지는 수밖에.

"예? 뭐라고요?"

-아니, 아무 말도 안 했어. 축하한다고. 진심으로.

"방금 훈련 매뉴얼로 날 조지겠다는 선전포고를 들은 것 같은데요?"

-잘못 들은 모양이지. 아니면 헛것이 들리거나. 몸보신 좀 해야겠다. 보약이나 좀 지어 먹어라.

"헛것이 들리면 무당을 찾아가야죠. 굿 한번 할까요? 아니면 절이나 한번 갈까요? 반야심경 한번 들려드려요?"

단 한 마디도 지지 않는 이진용 앞에서 김진호가 자신의 입술을 꽉 깨물었다.

이진용이 그런 김진호 앞에서 보란 듯이 어깨춤을 추며 콧노래를 부르기 시작했다.

"어, 전화 왔다."

그 우스꽝스러운 광경에 종지부를 찍은 건 스마트폰이었다.

이진용이 춤을 멈추고 잽싸게 스마트폰을 들고 터치했다.

"아이고."

발신자 아버지, 그 글자를 확인하는 순간 이진용이 앓는 소리를 내뱉은 후에 말했다.

"무슨 일이세요? 아, 끝났어요. 당연히 이겼죠. 제가 위기 상황에 올라와서 세이브 거뒀습니다. 아무렴요."

그렇게 시작된 통화는 길었다.

마치 6년 전으로 돌아간 듯, 경기에서의 활약을 아버지 앞에서 자랑스럽게 이야기하던 그때처럼 이진용은 자신의 활약을 하나부터 열까지 설명했고, 그의 아버지는 그것을 기껍게 즐겼다.

그 대화를 옆에서 듣던 김진호가 피식 웃었다.

프로야구 선수가 되고자 하는 게 꿈이었지만 여러 사정 때문에 야구를 접은 이진용.

야구를 누구보다 좋아하며, 아들이 야구 선수가 되는 것을 그토록 바랐으나 자기 자신 때문에 아들이 야구를 포기하는 것을 그저 지켜보기만 해야 했던 그의 아버지.

그런 그 둘이 6년 만에 야구를, 그것도 기꺼운 승리를 주제 삼아 이야기를 나누는 모습은 감히 김진호가 막을 수도, 방해할 수도 없는 것이었다.

김진호는 기꺼이 그 부자의 대화 앞에서 미소만 지었다.

이윽고 통화가 끝났을 때, 이진용이 스마트폰을 바라보며 고개를 절레절레 흔들었다.

"여하튼 우리 아버지 야구사랑은 못 말린다니까. 아, 그보다 무슨 이야기 했었죠?"

그제야 김진호에게 다시 관심을 주는 이진용.

그런 그에게 김진호가 질문을 던졌다.

-야, 어제 박준형이라는 애가 고양 뭐시기 팀 소속이라고 했었지?

"고양 스타즈. 독립 리그 팀이에요. 작년에 거기서 프로에만 3명이 갔을 정도죠. 일종의 준프로라고 해야 할까?"

-너 거기 들어가라.

"예?"

-본격적으로 야구하고 싶으면 본격적인 무대에서 뛰어야지. 사회인 야구보다는 거기가 여러모로 나을 거 아니야?

"하지만 트라이아웃에서 합격해야 하는데요?"

-그럼 트라이아웃을 통과할 수 있을 정도로 몸을 만들어야지. 그러니까 일단 사장한테 전해.

"사장이요?"

-퇴직금 준비하라고.

"아……."

그 말에 이진용이 스마트폰을 슬며시 바라봤다.

이윽고 이진용이 두 눈을 질끈 감았다.

현실과 이상.

그 둘 사이에서 다시금 고뇌를 시작했다.

그 고뇌 속에서 한 사내의 목소리가 그의 귓가를 간질였다.

"어이구, 그래 역시 내 아들이다!"

'아버지.'

오랜만에 정말 기쁨 가득한 말로 자신을 향해 말을 건넸던 아버지의 목소리.

그 목소리에 이진용은 질끈 감은 두 눈을 번쩍 떴다.

그리고 동시에 이진용은 망각의 바다, 저 먼 곳에 있던 자신의 꿈을 끄집어냈다.

"김진호 선수, 그럼 잘 부탁드리겠습니다."

프로야구 선수가 되는 것.

이진용이 다시 그 꿈을 꾸기 시작했다.

"그런데 김진호 선수, 뭘 업그레이드하는 게 좋을까요?"

-야, 당연히 여기서 업그레이드해야 하는 구질은 하나지.

"뭡니까?"

-구속이 느린 투수가 살아남을 수 있는 유일한 도우미는 하나!

"하나?"

-체인지업이다.

그리고 김진호가 그 꿈을 응원하기 시작했다.

2017년 2월 18일.

끝자락에 접어든 겨울이 몸부림을 치는 듯, 어느 때보다 추위가 매서운 토요일 아침.

야구장 그라운드에 등장한 수십 명의 이들이 그 겨울에 정면으로 부딪칠 준비를 하고 있었다.

"후우, 후우!"

"허업! 헙!"

증기기관차처럼 증기 대신 입김을 내뱉으며 러닝으로 몸을 푸는 이들, 그라운드 한구석에서 야구 배트에 무게를 더해주는 배트링을 꽂은 채 스윙 연습을 하는 이들, 이미 본격적으로 연습 투구로 어깨를 예열하는 이들.

그라운드를 채운 모든 이들은 온몸이 움츠려야 마땅한 겨울 속에서 그 어느 때보다 격렬하게 자신을 불태울 준비를 하고 있었다.

"자, 주목! 주목하세요!"

그런 그라운드의 열기를 멈추게 한 건 두꺼운 야구 점퍼를 입고 등장한 덩치 좋은 사내였다.

그런 사내가 입고 있는 야구 점퍼의 가슴팍으로는 STARS라는 글자가 별처럼 노란색으로 수놓아져 있었다.

고양 스타즈.

현재 독립 리그에 소속된 독립 구단 중에서 가장 많은 선수를 프로로 보낸 팀.

독립 구단 중에서도 가장 프로에 가깝다고 평가받으며, 동시에 독립 구단 중 가장 사정이 나은 팀.

"트라이아웃을 시작하기 전에 몇 가지 드릴 말씀이 있습니다."

오늘 이곳에 모인 이들의 목적은 그 고양 스타즈의 2017시즌 뉴페이스 모집 테스트, 트라이아웃에 참가하는 것이었다.

"트라이아웃은 크게 두 가지 테스트로 나뉩니다. 기본적인 능력을 알아보는 테스트 그리고 청백전을 통해 알아보는 테스트입니다. 청백전의 경우에는 4개 팀이 2개 경기장에서 치러지며, 단순한 시합이 아닌 테스트인 만큼 언제든 상황에 재량에 따라 경기 상황은 바뀔 수 있습니다.

-드디어 시작이네.

김진호.

"예, 시작이네요."

그리고 이진용.

그 둘 역시 지금 고양 스타즈의 트라이아웃 현장의 한 곳에 자리를 잡고 있었다.

이미 몸풀기를 마친 듯, 점퍼를 입고 있는 이진용의 얼굴에서는 열기가 모락모락 피어오르고 있었다.

-그래서 자신은 있냐?

그런 이진용을 향해 김진호가 질문을 던졌다.

"음."

그 물음에 이진용은 떠올렸다.

자신이 회사에서 퇴직한 이후 보낸 약 두 달 남짓한 나날들.

그 나날들 속에서 최고의 메이저리그 투수였던 김진호의 맨투맨을 받으며 소화했던 훈련의 나날들.

그 나날들을 떠올린 이진용이 입을 열었다.

"자신 없는데요?"

-오! 합격 못 할 자신이 없다? 짜식, 멋진 말을 하는군.

"무슨 개소리예요? 합격할 자신이 없다는 거죠."

-응? 왜?

놀라서 반문하는 김진호를 향해 이진용이 도리어 영문을 모르겠다는 표정을 지으며 반문했다.

"아니, 그러니까 솔직히 말하면…… 한 게 없잖아요?"

-뭐? 없긴 왜 없어?

"아니, 한 거라고는 아침에 러닝하고, 그 후에 스트레칭하고, 이후 마사지하고, 식단대로 밥 먹고, 야구 경기 보고, 다시 러닝하고 스트레칭하고 반신욕한 게 전부인데요?"

두 달 동안 김진호가 이진용을 위해 만들어준 훈련 매뉴얼은 기상천외할 정도로 쉽고 편한 매뉴얼이었다.

아침에 일어나면 아침 식사와 함께 몸풀기 스트레칭 시작.

스트레칭이 끝난 후에는 10킬로미터 러닝.

러닝 후에는 몸풀기가 아니라 몸의 유연성을 높이기 위한 하드 스트레칭 시작.

그 후에는 본격적인 식사를 마친 후에 휴식을 취하며, 김진호와 함께 2016시즌 메이저리그 및 한국프로야구 경기 시청.

마지막으로 저녁이 다가오면 아침에 했듯이 스트레칭과 러닝 그리고 마무리 운동으로 하루를 마무리.

그게 전부였다.

김진호의 매뉴얼 어디에도 입에서 단내가 마르고, 근육통으로 비명을 쥐어 짜내는 건 없었다.

이진용의 일생에서 이보다 더 편했던 적은 없었을 정도로, 그 정도로 편안한 나날들이었다.

너무 편해서, 이진용이 스스로 좀 힘든 훈련을 하고자 했을 정도.

그럴 때마다 김진호는 그런 이진용을 따라다니면서 단 한 마디로 그의 입을 다물게 했다.

"야, 이진용. 니가 나보다 야구를 잘 알아?"

이진용은 그 말에 감히 반박하지 못했다.

"말년 병장 때도 이 정도로 편하진 않았을 겁니다."

-그래? 난 군대를 안 가봐서 몰라. 알다시피…….

"시드니 올림픽 일본전에서 완투승 거두시고 면제받으셨죠. 아무렴요. 대단하십니다."

-이제는 자랑할 시간을 안 주네.

"제가 김진호 선수보다 김진호 선수 활약상을 더 잘 알걸요?"

-아, 맞다. 너 내 광팬이었지.

"광팬까지는 아니었습니다."

-아니긴, 내 사인볼 잠잘 때도 껴안고 잔 주제에.

"무, 무슨 말도 안 되는 소리를!"

-네가 네 아버지랑 통화할 때 다 들었어, 새끼야. 짜식, 솔직히 내가 있으니까 좋지?

"이상한 이야기하지 말자고요. 여하튼 그 훈련으로 자신감 얻기는 좀 그렇죠."

어쨌거나 김진호의 훈련은 그토록 쉬웠다.

이렇게 열심히 했으니, 좋은 결과가 있겠지! 라는 생각은 감히 들 수 없을 정도.

당연히 이진용은 지금 이 순간에도 자신감이 없었다.

그런 이진용이 믿는 건 오직 하나.

-내가 맞았다는 건 다른 무엇보다 베이스볼 매니저가 증명해 주잖아? 내 매뉴얼대로 하니까 구속하고 체력이 올랐잖아?

"그렇긴 하죠."

바로 베이스볼 매니저가 보여주는 이진용의 능력치였다.

[이진용]

-최대 체력 : 68

-최대 구속 : 119㎞

-보유 구종 : 포심 패스트볼(E), 체인지업(B), 슬라이더(F), 커브(F)

-보유 스킬 : 심기일전(F)

김진호의 훈련 매뉴얼에 따라 그저 휴양이나 다름없는 나날을 보냈음에도 체력과 구속이 올랐다.

특히 구속의 증가 속도는 놀라울 정도였다.

고작 두 달 남짓한 시간 만에 6년의 공백 대부분을 채웠다는 사실이 오히려 베이스볼 매니저보다 더 마법처럼 느껴질 정도.

더불어 김진호가 가르쳐 준 건 단순히 몸을 다루는 법만이 아니었다.

-명심해. 유능제강, 야구는 부드러움이 강함을 제압한다는 것을.

오히려 김진호는 그 두 달 남짓한 시간 동안 육체적인 성장보다는 정신적인 성장에 초점을 맞췄다.

"그러신 분이 100마일짜리 패스트볼로 무식하게 메이저리거들을 때려잡으셨습니까? 수틀리면 그냥 무식하게 100마일짜리 패스트볼만 던져서 이긴 경기가 적지 않으실 텐데?"

-나 정도로 강하면 그냥 씹어 먹으면 되거든. 그런데 너는 꼭꼭 씹어 먹어야 해. 잊지 마.

"물론이죠."

김진호, 그는 공을 던지는 게 아니라 야구를 하는 법을 가르쳐 줬다.

-자, 그럼 시작하자!

그것이 이진용이 기꺼이 인생의 중요한 기로 앞에서 여유를 가질 수 있는 이유였다.

"예."

그렇게 트라이아웃이 시작됐다.

트라이아웃.

프로스포츠 구단이 공개적으로 선수를 모집하는 입단 테스트.

참으로 낭만이 넘치는 단어다.

하지만 트라이아웃이란 무대는 그렇게까지 낭만적인 무대가 결코 아니다.

기본적으로 프로 구단은 정말 당장 전력으로 쓰일 선수가 있으면 테스트 같은 건 거치지 않고 어떤 식으로든 데려오려고 한다.

오히려 어떻게든 데려오려고 하다가 여러 문제가 생기고, 그래서 한국프로야구위원회는 구단이 선수들을 멋대로 데려갈 수 없도록 여러 규정을 만들었다.

즉, 트라이아웃은 어떻게든 선수들을 데려가고 싶어 하는 프로 구단들이 별 관심을 두지 않는 선수들, 그 선수들이 그 구단을 향해 자신의 가치를 증명하는 무대였다.

쉽게 말하면 패자부활전.

나쁘게 말하면 이미 옥석을 가르고 남은 돌무더기들의 무대인 셈이다.

"체력 테스트에서 탈락하는 선수도 적지 않군."

그리고 당연한 말이지만 돌 취급을 받는 건 대개 그만한 이유가 있기 때문이다.

트라이아웃은 그 사실이 명확하게 드러나는 곳이었다.

1차 테스트 중 하나인 체력 테스트부터 이미 수준에도 미치지 못하는 이들이 드러났다.

"허억, 허억!"

"어후, 무슨 테스트가 이렇게 힘들어!"

이미 체력 테스트부터 한계를 드러내는 몇몇 이들이 그라운드 곳곳에 드러누운 채 숨을 헐떡이고 있었다.

"경력은 좋은데…… 몸을 못 만든 선수가 적지 않습니다."

"경력이 좋아 봤자지. 경력직 뽑는 자리가 아니니까."

"그렇죠."

"약속된 날짜에 몸을 만들지 못하면 프로 자격이 없지."

당연한 말이지만 트라이아웃에서 선수를 뽑기 위해 곳곳에서 눈을 밝히는 고양 스타즈의 코치, 그리고 감독들은 이미 수준 미달을 드러낸 선수에 대해 가차 없는 점수와 함께 차가운 눈빛을 줬다.

그렇게 기본적인 채점이 끝나는 순간, 고양 스타스의 코칭 스태프는 그 채점된 선수들을 기준으로 팀을 나눴다.

그리고 말했다.

"이제 청백전을 시작하겠습니다!"

진짜 테스트가 시작됐다.

"어때요? 채점 좋은 거 같아요?"

1차 테스트를 마친 이진용은 곧바로 청백전에서 피칭을 위해 연습 투구 순번을 기다리고 있었다.

적지 않은 투수가 있지만, 포수는 많지 않은 탓에 연습 투구도 순번을 기다려야 하는 탓이었다.

-글쎄, 내가 고양 스타스 감독이라면 굳이 너 같은 쓰레기는 안 뽑을 것 같은데?

"꼭 쓰레기라고 표현하셔야 해요?"

당연히 그 시간 동안 이진용과 김진호는 대화를 나눴다.

-미안, 내가 사실 마음에 없는 말은 못 하는 아주 진솔한 성격이라서 말이야. 거짓말을 하면 양심에 가시가 꽂히는 스타일

이라서.

"퍽이나."

-어쨌거나 양심적으로 진실을 말하자면, 솔직히 단순히 보이는 피지컬만으로 널 뽑을 이유는 없지. 포심 패스트볼 구속은 오늘 간신히 110대 중후반 찍었고, 체력 테스트에서 무슨 압도적인 결과를 보여준 것도 아니고, 결정적으로 넌 기본 피지컬이 너무 후달려.

"베이스볼 매니저가 있잖아요?"

-그럼 가서 저에게는 게임 시스템이 있습니다! 하고 자기 어필하든지.

"그럼 정신병자인 줄 알고 바로 탈락시키겠죠. 119 신고는 덤이고."

-내가 보기엔 112를 부를 수도 있어. 어쩌면 나랑 이야기하느라 중얼중얼하는 모습 때문에 이미 경찰이나 구급차가 오는 중일지도 모르지. 이야, 경찰차 한 번 타보나?

김진호의 그 말에 이진용이 입을 꽉 다물었다.

그사이 이진용의 차례가 왔다.

"후우!"

짧게 숨을 쉬는 것을 시작으로 곧바로 이진용은 포수를 상대로 공을 던지기 시작했다.

피칭은 어려울 건 없었다.

투구수가 다섯 개쯤 됐을 때 영점이 잡혔으니까.

아니, 오히려 좋았다.

'편하다. 그리고 민감하다.'

공을 힘차게 뿌렸음에도 어깨에는 조금의 무리도 가지 않았고, 반대로 손끝으로 느껴지는 공의 존재감은 여느 때보다 선명했다.

고교 시절 피칭 때마다 몸 어느 한 곳이 아프던 것과는 전혀 다른 느낌이었다.

마치 어린 시절 아버지와 캐치볼을 할 때의 느낌.

더욱이 손가락 끝의 감각은 이제껏 단 한 번도 경험해 보지 못한 것이었다.

'김진호 선수의 조언이 맞았어.'

김진호, 그의 조언을 따라 거듭 야구공을 손에 쥐고 있는 훈련이 그의 손을 야구공과 긴밀하게 만들어줬다.

물론 아쉬운 점은 있었다.

힘차게 뿌리지만, 구속이 그렇게 원하는 대로 나오지 않는다는 것.

-무리해서 던지지 마. 무리해서 던진다고 안 나오는 구속이 오르는 일은 없으니까.

그런 이진용의 마음을 김진호가 짧게 진정시켰다.

그때 기다렸다는 듯이 고양 스타즈 코칭스태프가 몸을 풀던 선수들을 향해 말했다.

"자, 그럼 청백전 명단입니다. 명단에 적히신 분들은 각자 야구장으로 이동하십시오."

시합이 시작됐다.

'떴다.'

그와 동시에 이진용의 눈에 숫자가 보이기 시작했다.

-시합이 정해지는 순간, 네 상대가 되는 타자들의 머리 위에 숫자가 뜬다, 이거군.

김진호의 눈에도 숫자가 보이기 시작했다.

-야구 못해도 이것만 있으면 스카우트로 전직해도 좋겠는데? 이거 완전 드래곤볼 전투력 측정기잖아? 아, 맞다. 그것도 이름이 스카우터였지? 야, 그냥 야구하지 말고 에이전트나 차릴래? 머리에 숫자 좀 괜찮은 유망주 애들 싸게 후려쳐서 계약하자고. 제2의 스캇 보라스가 되는 거야. 어때?

김진호가 그런 이진용에게 한마디 건넸다.

그러나 이진용은 그런 김진호의 말에 귀를 기울이지 않았다.

"청팀 선수들 전부 모이셨습니까?"

"예!"

"고양 스타즈의 투수코치 김정호입니다. 청팀 감독을 맡게 됐습니다. 그러니 이제부터 제 말에 따라주십시오."

대신 그는 청팀의 감독이 된 김정호 투수코치를 바라봤다.

"그럼 일단 투수 등판 순서를 정하겠습니다. 혹시 먼저 등판하고 싶으신 분 있으십니까?"

그리고 그 질문이 나오는 순간.

모두가 그 말에 주변의 눈치를 봤다.

상대 팀 타자에 대한 그 어떤 정보도 없는 상황에서 가장 먼저 마운드에 오른다는 것이 투수에게 얼마나 끔찍한 일인지 모르는 투수는 이곳에 없었으니까.

오직 한 명.

"제가! 제가 하겠습니다!"

이진용, 그만이 높게 손을 들었다.

김진호가 그 모습에 깊은 미소와 함께 나지막하게 말을 뱉었다.

-그래, 투수라면 그 누구보다 먼저 마운드를 밟아야지.

고양 스타즈의 2017시즌 새로운 선수를 모집하는 트라이아웃.

이 트라이아웃 무대에 참가하는 건 선수들만이 아니었다.

"가능성이 보이는 선수는 없군. 전부 꽝이야."

현재 한국프로야구에 소속된 10개 프로 구단의 스카우트들, 그들 역시 이번 트라이아웃 무대의 참가자 중 한 명이었다.

"다 그렇지. 정말 괜찮은 선수가 있었으면 내가 육성선수로라도 계약했을 거야."

"아무렴."

물론 이 자리에 본인의 자의로 참석한 스카우트들은 거의 없었다.

진흙 속의 진주를 직접 발굴하는 쾌감을 느끼기보다는, 구단에서 일 안 해? 잘릴래? 라는 말을 듣기 싫어서.

그런 이유로 이 자리에 참석한 이들이 대부분이었다.

당연히 트라이아웃 과정을 보는 이들의 표정은 시큰둥했다.

"그나마 기대할 수 있는 건 그 선수군."

그런 그들의 관심사는 며칠 전 서울 엔젤스 2군 선수들을 상대로 끝내주는 활약을 보여준 고양 스타즈 소속의 한 선수로 자연스레 넘어갔다.

"박준형 말이지?"

"그 녀석은 대어야. 젠장, 작년에 어떻게든 잡았어야 했는데."

박준형.

단 한 번도 프로의 무대에서 뛰어본 적 없는 선수이지만, 이미 그는 프로 구단의 스카우트들이 관심을 가지는 선수였다.

"확실히 박준형의 파워는 동양인 스케일이 아니지. 경험만 있으면 돼."

"문제는 계약이지. 이야기 듣기로는 주전을 보장해 주는 이면계약을 원한다던데?"

"주전 보장이라…… 설마 독립 구단에서 뛰는 걸 자유계약처럼 써먹을 선수가 나올 줄이야."

"그래서 육성선수 계약을 거부하고 독립 구단에 남은 거지. 이번에 고양 스타즈가 퓨처스리그 팀하고 30경기 치르니까, 거기서 자기 능력을 보여주면 몸값은 저절로 오를 테니까."

"16일에 있었던 엔젤스전에서도 3타수 2안타 1홈런을 쳤었지?"

동시에 박준형은 그 어떤 선수보다 자유로운 선수였다.

당장 프로에서도 뛸 수 있으며, 본인이 원한다면 그 어느 구단하고도 계약할 수 있는 자격을 지닌 박준형은 사실상 FA에 나온 선수와 다를 게 없었으니까.

더욱이 한국프로야구에서 이면계약은 어디서나 볼 수 있는 일상 같은 일이었다.

FA계약으로 선수와 100억 계약을 했다고 하지만, 이면계약으로 120억 원을 주거나, 자유계약이 아닌 선수에게는 1년짜리 계약만 할 수 있음에도 불구하고 4년 계약 및 4년 연봉을 보장해 주거나.

주전 보장 같은 건 그런 것에 비하면 아주 가소로운 수준의 계약이었다.

"아깝다니까. 진작 드래프트에서 뽑았어야 했는데."

"쌉."

스카우트들이 그 사실에 입맛을 다셨다.

그때 누군가 말했다.

"그러고 보니 박준형 상대로 삼구삼진 잡았던 선수가 오늘 여기에 나왔다고 하는데?"

그 말에 모두가 반응했다.

"누군데?"

"이름이 이준용이었나……."

"이준용? 선출이야?"

"모르겠네. 처음 듣는 이름이야."

"운이라고 해도 박준형이 삼진이나 아웃을 당할지언정 삼구삼진을 쉽게 당할 리는 없을 텐데?"

그때였다.

"청백전이 시작됐군."

"백팀이 공격, 그럼 청팀에서 올라오는 투수는 누구이지?"

"어디 보자…… 이름이 이진용이라고 하는데?"

그 순간 스카우트들이 고개를 갸웃했다.

그리고 조금 전 말했던 한 사내가 말했다.

"이진용, 그래 그런 이름이었어."

메이저리그는 고고하다.

그저 위력적인 공을 던진다는 이유로 그 투수에게 그럴싸한 별명을 허락하는 일은 없다.

하물며 그저 동양에서 온 투수에게 메이저리그는 고고함을 넘어 오만하기까지 한 모습을 보인다.

그럼에도 김진호는 메이저리그의 지배자란 별명을 얻었다.

김진호가 그저 단순히 위력적인 공을 던지는 투수가 아니라, 야구를 지배하는 투수라는 증거였다.

그 누구보다 야구를 잘하는 자.

그게 바로 김진호란 선수였다.

-내가 해준 조언들 기억하지?

"솔직히 해준 조언이 너무 많아서 대부분은 잊어버렸습니다."

-그래, 그 마음가짐이 중요해. 넌 열 개를 가르쳐 줘야 간신히 하나 정도 배우는 놈이라는 것.

당연히 김진호는 이진용에게 부족한 점을 누구보다 잘 알고 있었다.

김진호가 이진용의 트레이닝 매뉴얼에 야구 경기 관람을 추가한 이유이기도 했다.

하루에 여섯 시간 이상.

경기로 따지면 하루에 네 경기에서 다섯 경기.

단순히 주요 하이라이트만 보는 것이 아니라 경기의 모든 시작과 끝을 보는 것.

그리고 야구 경기를 시청할 때 김진호의 조언과 첨언을 일일이 필기로 기록할 것.

-다시 말하지만 넌 모든 게 열등한 선수야. 피지컬은 물론 구속, 구위, 구질에 멘탈…… 멘탈은 좋다고 해주지. 원래 또라이가 멘탈은 좋은 법이니까.

"그냥 심장이 튼튼하다, 그렇게 말해주시면 안 됩니까?"

-하룻강아지도 심장은 튼튼할걸? 어쨌거나 명심해. 넌 아마추어나 다름없는 선수라는 걸.

그 과정에서 이진용은 간접적으로나마 야구 경험을 쌓았다.

"예, 압니다."

그리고 그 과정을 통해 이진용은 자신의 처지를 이제 확실하게 인지할 수 있었다.

'김진호 선수 말대로다. 난 약한 놈이야. 패스트볼 구속은 기껏해야 110대 중반 수준이고, 가진 무기 중 그나마 쓸 만한 건 B랭크인 체인지업밖에 없지.'

현실 인식.

물론 단순히 거기서 끝난다면 거기서 끝일 뿐이다.

중요한 건 현실을 인식함으로써 자신이 발을 내디딜 곳이 어디인지 찾는 것이다.

'그러니까 뭘 해도 잃을 건 없지.'

이진용은 그것을 찾아냈다.

[선두 타자를 상대합니다.]

[선두 타자 보너스가 적용됩니다. 포인트 획득량이 20퍼센트 증가합니다.]

[선발로 출전합니다.]

[선발투수 보너스가 적용됩니다. 포인트 획득량이 15퍼센트 증가합니다.]

[첫 타자를 상대합니다.]

[첫 타자 보너스가 적용됩니다. 포인트 획득량이 15퍼센트 증가합니다.]

"초구, 한가운데 하나 찔러 넣겠습니다."

이진용, 그가 진짜 야구를 시작했다.

'저 투수.'

방태섭.

백팀 선두 타자로 나온 그는 날렵한 체격에 잘 빠진 긴 다리를 가지고 있는 타자였다.

누가 보더라도 빠른 발을 무기로 삼는 선수.

그런 그가 선두 타자가 됐을 때 그 사실에 의구심을 가지는 이는 단 한 명도 없었다.

더불어 그는 경력도 제법 있었다.

프로에 지명받진 못했지만, 고교야구 시절에는 나름 지역 내에서 호타준족의 선수로 인지도가 제법 있었으며, 대학으로 진학한 이후에도 평균적인 성적을 유지하며, 많은 도루 숫자를 나름의 커리어로 삼을 수 있었다.

그는 분명 엘리트 코스를 밟은 선수였다.

'별거 아니야.'

당연한 말이지만 그는 이 순간 마운드에 있는 이진용이란 투수를 가소롭게 여겼다.

'구속도 느리고, 체격도 작고. 투구폼이 좀 독특하지만, 굳이 거기 휘말릴 필요는 없지.'

110대 중후반의 패스트볼 구속을 가진 자그마한 체격의 투수를 대단하게 여기는 건 미치지 않고서는 불가능한 일이었으니까.

'좋아, 확실하게 보여주지.'

때문에 그는 이번이 기회라고 생각했다.

자신의 가치를 고양 스타즈의 모든 코칭스태프에게 보여줄 수 있는 좋은 기회.

'스카우트도 있겠다.'

더 나아가 자의가 아니지만 어쨌거나 이 자리에 참석한 프로 구단 스카우트들에게 자신의 존재를 보여줄 수 있는 좋은 기회.

'최대한 괴롭혀 주마.'

단순히 안타 하나를 치고 끝나는 것이 아니라, 자신이 투수를 괴롭힐 수 있는 1번 타자라는 것을 보여줄 수 있는 기회.

'초구는 일단 지켜본다. 타이밍을 잡자.'

방태섭은 이 순간 긴 승부를 준비했다.

풀카운트 상황에서 투수가 서너 개의 공을 더 던지도록 만드는 승부를 기획했다.

그런 그를 상대로 던진 이진용의 초구는 곧게 포수 미트로 향해 날아오는 패스트볼이었다.

펑!

"스트라이크!"

공이 너무 깨끗하게 스트라이크존에 들어와서 주심이 일말의 망설임 없이 스트라이크를 외칠 공.

'응?'

타자가 잠시 얼빠진 표정을 지을 정도의 공.

"우와, 완전 배팅볼이네."

"저런 공은 올스타전 홈런 레이스 때도 던져주기 힘들겠다."

"저걸 그냥 봐? 휘둘렀어야지!"

그 공에 스트라이크 선언이 나오는 순간 좌중이 웅성거리기 시작했다.

그 웅성거림에 방태섭의 얼굴이 굳었다.

빠득!

그가 이를 꽉 물었다.

'이 새끼가!'

이 순간 방태섭은 자신이 좌중의 놀림거리가 되었다고 생각했다.

당연히 그는 마운드 위의 이진용이 두 번째 공을 던졌을 때, 그 공이 패스트볼이라고 판단됐을 때, 스트라이크존을 향해 들어온다고 느꼈을 때, 망설임 없이 방망이를 움직였다.

딱!

그리고 공에 배트가 맞는 순간, 그는 직감했다.

'씨발!'

자신이 오늘 유격수에게 땅볼 처리를 멋지게 할 수 있는 기회를 주었다는 사실을.

그리고 이번 트라이아웃은 끝이라는 사실을.

"아웃!"

그런 그의 예상은 그가 1루 베이스를 밟는 순간, 1루심의 불끈 쥔 주먹이 보이는 순간 현실이 됐다.

"젠장!"

첫 번째 '젠장' 소리가 그라운드에 울려 퍼졌다.

[37포인트를 획득하셨습니다.]

[무실점 이닝 보너스가 시작됩니다. 무실점 이닝이 늘어날수록 적립되는 포인트의 양이 증가합니다.]

[현재 0.1이닝 무실점 피칭 중입니다.]

-운빨 쩌네.

"운빨은 무슨, 실력이죠."

선두 타자 방태섭을 잡는 순간 마운드에 있는 이진용은 짧게 숨을 골랐다.

그런 그의 눈이 곧바로 다음에 서는 타자를 향했다. 타자의 머리 위에 뜬 33포인트라는 숫자를 확인했다.

'조금 전 선두 타자의 포인트는 25포인트. 그렇다면 그 타자보다는 낫다, 이거군.'

그때 이진용을 향해 김진호가 질문했다.

-자, 여기서 문제. 지금 나온 타자는 마운드 위에 있는 투수

를 병신이라고 생각할까요, 그 병신 투수를 상대로 병신같이 범타로 물러난 선두 타자를 병신이라고 생각할까요?

그 질문에 이진용은 대답했다.

"둘 다 병신이라고 생각하겠죠."

-오! 이제 네가 뭘 좀 아는구나! 그동안 갈군…… 아니, 가르친 보람이 있다.

김진호의 그 말에 이진용은 대답 대신 머릿속을 정리했다.

'적어도 여기 있는 이들 중에 내가 타자를 잘 잡았다고 생각하는 이는 없다. 전부 타자가 제 발에 넘어졌다고 생각하겠지. 지금 올라온 타자도 날 경계하기보다는 기회만 노리겠지. 앞선 타자와 비슷하게 승부를 가면 돼. 존 밖으로 패스트볼 두 개 정도 던져준 후에 체인지업을 존 안에 넣는다.'

정리를 끝내자마자 이진용은 포수와 사인을 나눴다.

패스트볼을 골랐고, 스트라이크존에서 빠지는 코스를 골랐다.

포수는 그 사실에 별다른 반응을 보이지 않았다.

그 포수는 고양 스타즈 소속으로 현재 테스트를 보는 게 아니라 청백전을 도와주는 입장이었으니까.

그런 포수의 협조를 넘는 순응과 함께 시작된 이진용의 2번 타자와의 승부는 3구만에 끝이 났다.

앞선 존에서 빠지는 두 개의 공을 보는 순간, 세 번째로 오는 공이 존을 향해 들어오는 순간 2번 타자는 기다렸다는 듯 배트를 움직였다.

딱!

그러자 누가 들어도 공에 배트가 빗맞는 소리와 함께 2번 타자는 잔뜩 얼굴을 찌푸린 채 1루로 질주했고, 주심으로부터 주먹 감자를 먹은 후에 벤치로 들어갔다.

"젠장!"

그리고 두 번째 '젠장' 소리를 그라운드에 흩뿌렸다.

[37포인트를 획득하셨습니다.]

[2타자 연속 범타 처리에 성공했습니다. 삼자범퇴에 성공하시면 보너스 포인트를 획득하실 수 있습니다.]

[현재 0.2이닝 무실점 피칭 중입니다.]

곧바로 베이스볼 매니저가 잽싸게 정산을 시작해 줬다.

-무슨 게임이 이렇게 퍼주냐? 이거 문제 있는 거 아니야? 이러다가 진짜 내년에 메이저리그 가겠네? 아오, 배 아파! 내가 얼마나 힘들게 메이저리그를 갔는데! 이렇게 날로 먹는 게 어디 있어?

그리고 기다렸다는 듯이 김진호가 푸념을 내뱉었다.

그 사실에 이진용이 미소를 지었다.

이 순간 이진용은 확신했다.

'적어도 긴장하는 일은 없겠네.'

자신이 오늘 이 무대에서 어떤 결과를 맞이하든, 그 과정을 즐길 수 있을 것 같다고.

당연히 3번 타자가 타석에 섰을 때, 그 타자 위에 50포인트라는 숫자가 보였을 때 이진용은 겁내지 않았다.

'그보다 이 레퍼토리가 생각보다 훨씬 더 잘 먹히네.'

사실 오늘 이진용이 준비한 레퍼토리는 간단했다.

홈런 치기 딱 좋은 패스트볼을 던진 후에 체인지업을 던지는 것.

애초에 그게 체인지업의 활용 목적이기도 했다.

체인지업은 패스트볼을 노리는 타자들에게 땅볼을 유도하기 위한 구질 아닌가?

더욱이 이진용의 체인지업은 B랭크였다.

그저 단순히 고춧가루를 뿌린 정도가 아니라, 고춧가루 덩어리와 같은 공이었다.

패스트볼을 생각하고 스윙을 하는 순간 젠장! 소리가 절로 나올 정도로 끝내주는 체인지업이었고, 이미 두 명이 그 고춧가루 앞에서 젠장 소리를 내뱉었다.

'하지만 50포인트짜리 타자라면 앞선 레퍼토리 정도는 파악했겠지.'

물론 세 번째 손님이 이 레퍼토리에 똑같이 당하리란 생각은 하지 않았다. 때문에 여기서 이진용은 김진호가 해준 조언을 다시 한번 되새김질했다.

'어차피 맞을 거라면 깔끔하게 승부를 보고 맞는 게 대미지는 더 적은 법.'

김진호는 없는 걸 억지로 만들어내라고 하지 않았다.

대신 자신이 할 수 있는 최선을 하라고 했을 뿐.

'단판 승부다.'

때문에 이진용은 초구에 승부를 보고자 했다.

스트라이크존, 타자가 공을 칠 수 있는 그 공간 안으로 체인지업을 던졌다.

그렇게 이진용은 얻을 수 있었다.

"젠장!"

그라운드를 채우는 세 번째 '젠장' 소리.

[57포인트를 획득하셨습니다.]

[최초로 삼자범퇴에 성공하셨습니다. 브론즈 룰렛 1회 이용권이 지급됩니다.]

[삼자범퇴 보너스로 100포인트를 획득하셨습니다.]

[1구 아웃에 성공하셨습니다. 보너스 포인트가 지급됩니다.]

[최초로 1구 아웃에 성공하셨습니다. 브론즈 룰렛 1회 이용권

이 지급됩니다.]

[1이닝 무실점 피칭에 성공하셨습니다.]

그리고 달콤한 보상을!

"호우!"

-호우!

이진용, 그가 미쳐 날뛰기 시작했다.

◆ 4화 ◆

입단

[23포인트를 획득하셨습니다.]

[삼자범퇴 보너스로 100포인트가 지급됩니다.]

[6타자 연속 범타 처리에 성공하셨습니다. 9타자 연속 범타에 성공하시면 보너스 포인트가 적용됩니다.]

[2이닝 무실점 피칭에 성공하셨습니다.]

"호우!"

-아오!

2회 초, 이진용이 백팀의 6번 타자를 잡는 순간 그는 마운드 위에서 기쁨을 숨기지 않았다.

-미치겠네. 이런 병신 투수 하나한테 안타 하나 못 뽑아내

는 게 말이 돼?

반면 김진호는 그런 이진용을 향해 푸념을 내뱉었다.

물론 푸념을 내뱉는 김진호의 입가에는 깊은 미소가 그어져 있었다.

그 미소가 김진호가 내뱉는 말이 진심이 아님을, 그 역시 지금 상황을 즐기고 있음을 말해줬다.

반면 기쁨을 표출하는 그 둘과 다르게 좌중의 분위기는 차갑게 그리고 무겁게 가라앉아 있었다.

'아니, 이게 무슨 일이야?'

'지금 저 똥볼이나 던지는 투수를 상대로 6타자가 전부 범타로 물러났다고?'

'사회인 야구 수준의 선수를 상대로 출루를 한 명도 못 했다고?'

패스트볼 평균 구속 110대 중후반.

사회인 야구에서나 간신히 통할 법한, 아니, 요즘 수준이 높아진 사회인 야구에서도 통하지 않을 법한 구속 앞에서 나름 프로를 노리고 그라운드에 등장한 타자들이 전부 무릎을 꿇었다.

심지어 투수가 보여준 구질은 패스트볼과 체인지업, 두 가지에 불과했다.

"이번 지원자들은 전부 맛탱이가 간 모양이군."

"저런 공도 못 치면 프로는커녕, 그냥 야구를 포기해야지."

그 사실 앞에서 트라이아웃을 지켜보던 프로 구단 스카우트들은 혀를 찼다.

몇 명은 자리에서 일어났다.

"더 이상 볼 건 없겠군."

"이런 걸 보려고 먹을 것도 없는 고양에 내려오다니, 에잉!"

더 이상 경기를 보는 것이 시간 낭비를 떠나 인생 낭비라고 생각한 이들이었다.

"흠."

오직 단 한 명의 스카우트는 좌중의 반응 속에서 다른 모습을 보이고 있었다.

그는 이진용이 마운드에서 내려가는 순간, 그제야 쓰고 있던 안경을 벗은 후에 새롭게 닦았다.

그러고는 다시 안경을 쓰면서 중얼중얼 혼잣말과 함께 벤치로 돌아가는 이진용의 모습을 바라봤다.

'완벽한 체인지업이다.'

그의 이름은 변형채.

서울 엔젤스의 스카우트인 그는 재작년까지만 해도 메이저리그 구단에서 전력분석팀 또는 스카우트팀에서 일을 하던 실력자였다.

능력도 인정받고, 그만큼 대우받는 실력자!

그런 그가 메이저리그와 비교하는 것조차 미안한 한국프로야구 구단의 스카우트이자, 전력분석팀의 일원이 된 건 다름 아니라 한 여인 때문이었다.

구은서.

그녀는 2016년 엔젤스의 운영팀장 자리에 앉자마자 변형채를 영입하고자 했고, 변형채는 그 제안을 받아들였다.

그런 그는 당연히 놓치지 않았다.

'저 정도 수준의 체인지업은 메이저리그에서도 체인지업을 나름 주무기로 쓸 수 있는 투수와 비교해도 부족할 게 없다. 한국프로야구 수준에서는…… 장담하는데 저 정도 체인지업을 가진 투수는 각 팀에 두 명 이상 없지.'

이진용, 그가 가진 체인지업이 얼마나 대단한 것인지.

'구속이 느린 투수가 살아남을 수 있는 유일한 무기를 가진 구속이 느린 투수로군.'

물론 관심은 거기까지였다.

'뭐, 여기까지가 한계이겠지만. 아무리 그래도 110킬로미터 중후반 대의 패스트볼 구속으로는 프로 레벨에서 살아남을 수 있을 리 없지.'

그는 냉정하게 상황을 판단했고, 가늠했다.

그렇게 그는 곧바로 분석을 마쳤다.

'정범석 감독이 특별한 이유가 없는 이상 저 투수를 영입할

일은 없겠군. 반대로 그를 영입한다면, 특별한 이유가 있어서이겠고.'

그 분석을 끝으로 그 역시 자리에서 일어났다.

'좋은 체인지업이군.'

김정호 투수코치.

고양 스타즈의 투수코치 중 한 명인 그는 사실 독립 구단에 있을 법한 인물이 아니었다.

현역 시절 한국프로야구 무대에서 통산 78승을 거두었으며, 은퇴 이후에도 7년 동안 프로 구단의 투수코치로 활약했던 그는 모든 프로 구단이 기꺼이 모셔갈 만한 실력과 경력을 가진 이였으니까.

그런 그가 고양 스타즈의 투수코치가 된 건 일종의 재능 기부이자, 봉사였다.

한국프로야구의 보다 큰 성장을 위해서, 그리고 기회를 받지 못한 원석을 닦는다는 일념 하에 이루어진 봉사.

당연히 김정호 투수코치는 이 순간 이진용이란 투수가 가진 가치를 제대로 파악할 수 있었다.

'심장도 튼튼해.'

이진용, 그는 날카로운 송곳 하나를 가지고는 맹수의 아가리를 향해 몸을 던진 후에 그 송곳으로 상처를 주는 투수였다.

그 어디에서도 쉽게 볼 수 없는 타입의 투수.

때문에 김정호 투수코치는 짙은 아쉬움을 느꼈다.

'구속이 좀만 더 빨랐다면…….'

만약 이진용의 구속이 130대 중반만 나오더라도 당장 프로구단들이 그에게 접촉하고도 남았겠지만, 반대로 지금 이진용이 이 이상 구속을 보여주리란 가능성은 없었으니까.

'체격이 좀 더 좋았으면 기대라도 하겠는데…….'

더욱이 부족한 피지컬은 기대감을 품는 것조차 허락하지 않았다.

모든 프로 스포츠가 그러하겠지만, 투수에게 피지컬은 무척 중요하다.

구속이 느려도 피지컬이 좋으면 구단과 코칭스태프는 기꺼이 투자를 해본다.

일단 피지컬이 좋으면 근육량을 늘리거나, 체중을 늘리거나, 새로운 투구폼을 창작하는 식으로 구속 증가를 꾀할 수 있으니까.

달리 말하면 피지컬이 부족한 투수는 약이라도 하지 않는 이상 구속 증가를 꾀할 수 없다.

'이미 저게 한계다. 아니, 저기서 120대 근처의 패스트볼을

던지는 게 대단한 거지.'

심지어 이진용은 투구폼만 보더라도 이미 온몸으로 구속을 쥐어짜내는 타입이었다.

만약 그가 일반적인 투구폼으로, 부드러운 투구폼으로 공을 던졌다면 구속은 100킬로미터를 간신히 넘겼을 터.

'이진용의 테스트는 여기까지겠군.'

더불어 이진용에게는 더 이상 활약할 기회조차 없었다.

지금 청백전은 어디까지나 테스트를 위한 시합, 당연히 이진용 다음에도 테스트를 봐야 할 투수들이 있었다.

무조건 9이닝 안에 끝내야 하는 경기는 아니지만, 어쨌거나 한 투수에게 오랜 이닝을 맡길 순 없었다.

'3회에는…….'

당연히 김정호 투수코치는 3회부터는 다른 투수를 올릴 생각이었다.

"김 코치."

"감독님?"

정범석 감독이 그에게 다가와 요구하기 전까지는 그랬다.

"만약 이진용 본인이 원한다면 3회에도 올리도록."

그 요구에 김정호 투수코치는 별다른 반문을 하지 않았다.

"알겠습니다."

그 후 정범석 감독이 다시 벤치를 나갔고, 마치 기다렸다는 듯이 이진용이 다가왔다.

다가오는 이진용은 글러브로 입을 가린 채 무언가를 계속 중얼거리고 있었다.

"이진용 선수."

김정호 투수코치가 그런 그를 불렀다.

"예? 아, 예! 부르셨습니까?"

혼잣말을 중얼거리던 이진용이 갑자기 놀라며 반응했다.

그런 그의 모습에 김정호 투수코치가 잠깐 고개를 갸웃한 후에 질문을 던졌다.

"3회에도 던지겠나?"

그 질문을 던졌을 때 김정호 투수코치는 이진용이 잠시 고민하리라 생각했다.

그리고 만약 자신이 이진용이었다면 이 제안을 거절했으리라 생각했다.

이진용이 좋은 체인지업으로 멋진 결과를 만든 건 맞지만, 언제나 그렇듯 마법은 영원하지 못한 법.

'3회에 올라올 백팀 타자들도 바보가 아닌 이상, 이미 대책을 세워뒀겠지.'

하물며 이곳은 시험의 무대다.

나름 모두가 각오를 머금고 서 있는 무대.

1회와 2회, 이진용을 상대한 여섯 명의 타자들이 기습에 당했다면, 그 다음에 나올 7번부터 9번 타자들은 이제는 쉽사리 기습을 허용하지 않을 것이다.

즉, 이진용이 가진 레퍼토리가 더 있지 않은 이상, 그가 힘을 숨긴 게 아닌 이상 다음에 올라오는 건 사실상 파멸을 자처하는 꼴이 될 것이다.

'감독님도 그걸 보고 싶어서 3회를 요구하는 거겠지.'

그게 정범석 감독이 보고 싶은 것이기도 했다.

이진용에게 새로운 레퍼토리가 있는지, 그가 그런 상황에서 어떻게 대응하는지.

그런 김정호 투수코치에게 이진용은 기꺼이 자신의 마음을 있는 그대로 드러냈다.

"정말 올라가도 됩니까?"

"응?"

"정말 3회에 올라가도 되는 겁니까?"

이진용, 그는 이 순간 기쁨을 주체하지 못하고 있었다.

-더, 더, 더!

김진호.

이진용보다 먼저 마운드에 서 있던 그는 마치 주차 안내를 하듯 이진용을 향해 휘휘 손짓을 하고 있었다.

이윽고 이진용이 마운드에 서는 순간 그는 말했다.

-오케이. 저승행 열차 탑승 완료. 이제 넌 끝이다.

그 말과 함께 김진호가 좌중을 둘러봤다.

청팀 그리고 백팀, 그 두 팀의 벤치에 있는 모든 이들의 시선.

그리고 관중석에 있는 선수 친구, 가족들, 스카우트 그 외의 언론 관계자들의 시선.

그 모든 시선이 이진용을 향해 모여들고 있었다.

-기분이 어때?

그건 결코 유쾌한 상황이 아니었다.

무수히 많은 시선 속에 이진용을 향해 호의를 품은 시선은 단 하나도 없었으니까.

마치 현미경처럼, 그 시선들은 어떻게든 이진용을 알아내기 위한 의지만이 가득했다.

송곳처럼 뾰족했고, 칼처럼 날카로웠다.

"썩 좋진 않네요."

당연히 이진용도 이런 시선이 마음에 들지 않았다.

-프로 무대에 가면 이것보다 더 심하다. 메이저리그 무대는…… 정신이 나가지. 그래서? 왜 이런 곳에 제 발로 걸어왔지?

그럼에도 불구하고 이진용은 망설임 없이 이 마운드에 올라왔다.

"이번 이닝마저 무이닝으로 끝내면 포인트가 얼만데요? 이 기회를 고작 이런 시선이 두렵다고 포기하면 그게 병신이죠."

원하는 게 있으니까.

-하하!

그 사실에 김진호는 밝게 웃었다.

-다행이다. 내가 다른 건 몰라도 사람 심장을 키우는 것만큼은 못하는데 넌 그럴 필요가 없을 것 같아서.

그런 김진호의 말에 이진용이 여전히 글러브로 입을 가린 채 나지막한 목소리로 말했다.

"그럼 다른 거나 가르쳐 주세요. 여기서 어떻게 합니까? 이제부터는 타자들도 날 얕보진 않을 텐데요?"

1회 초에는 기습이 통했다. 타자들은 이진용을 모르는 정도가 아니라 그를 얕봤으니까.

2회 초에 역시 1회 초와 크게 다르지 않았다. 타자들은 경계심을 품되, 이진용이 던진 체인지업의 위력을 제대로 파악하지 못한 채 승부를 했으니까.

하지만 3회 초에는 더 이상 그런 것을 기대할 수 없었다.

3회 초에 타석에 오르게 되는 7번 이후의 타자들은 이진용이 체인지업으로 지금 재미를 보고 있다는 걸 알고 있다.

더 나아가 만약 이진용이 한 명이라도 출루를 시키게 되면, 그는 3회에 어떻게든 1번 타자와 승부를 하게 된다.

이미 한 번 승부를 본 타자와 승부를 하게 된다는 의미.

그런 타자에게 기습은 사실상 불가능하다.

이진용은 이미 자신의 밑천을 다 드러냈으니까.

-밑천을 드러낸 다음에 해야 할 건 하나지.

"뭐죠?"

-판을 개판으로 만드는 것. 안 된다 싶으면 파투라도 내야지. 안 그래?

김진호는 잠시 포수를 바라보며 말을 이어갔다.

-선두 타자를 상대할 때 커브 그리고 슬라이더. 하나씩 던져.

"제 커브랑 슬라이더는 거의 무의미한데요?"

-포수 미트 밖으로 나가도 좋아. 2볼을 준다는 마음으로 그냥 던져. 어차피 넌 고민할 필요 없어. 고민은 지금 네가 상대할 타자들이 아주 열심히 해줄 테니까.

그 조언에 이진용은 더 이상 김진호에게 조언을 요구하지 않았다.

대신 포수를 마운드로 불렀다.

공 좀 던질 줄 아는 이들에게 변화구를 던지는 것이란 어렵지 않다.

변화구란 지극히 과학적인 이론의 결과물이니까.

오히려 변화가 없는 공을 던지는 게 훨씬 더 어려운 일이다.

흔히 직구라고 표현하는 패스트볼을 패스트볼답게 던지는 투수는 실제로 많지 않은 이유다.

정말 직구라는 표현 그대로 총알처럼 곧게 날아가는 직구를 던지는 건 신이 내린 재능을 가진 이만이 보여줄 수 있는 재능이니까.

때문에 변화구를 던진다는 사실 자체는 아무래도 좋다.

중요한 건 그 변화구를 쓸 수 있는 무기로 만드는 것!

총도 조준을 잘하는 사람 손에 들어가야 의미가 있듯이 변화구도 다룰 줄 알아야 의미가 있다.

그런 의미에서 이진용이 가진 슬라이더와 커브, 두 개의 구질은 결코 무기가 아니었다.

"헙!"

포수가 미트로 받을 수 없을 정도.

무기라기보다는 그저 우스꽝스러운 쇼에서 사용될 법한 도구에 불과한 수준이었다.

달리 말하면 그 정도 효과는 있었다.

"응?"

쇼에서 사용되는 도구답게, 관객들에게 인상을 남기기에는 충분했다.

"슬라이더?"

"슬라이더를 섞겠다는 건가?"

동시에 관객들은 이미 봤다.

"구속은 느리지만 변화구 컨트롤이 남다른 녀석이야. 체인지업만으로 여섯 타자를 범타로 처리했다고."

마운드의 투수가 이미 체인지업이란 강력한 무기를 마음껏 선보였던 광경을.

더 나아가 이 무대가 어떤 무대인지 떠올렸다.

"구속도 안 되는 투수가 트라이아웃에 도전했다면, 구속을 뛰어넘는 무언가가 있다는 거겠지."

그저 단순히 자기 기량을 보여주는 무대가 아니라, 프로야구라는 무대에 도전하기 위한 도전권을 얻으려 덤벼드는 자들의 투기장이라는 것을.

이곳에서의 패배는 사실상 꿈을 포기해야 한다는 것을.

'미치겠군.'

관객들조차도 그렇게 생각하는 상황에서, 이 무대에서 직접 연기를 해야 하는 배우가 된 타자들의 머릿속은 이 상황에 더 흠뻑 취해 버릴 수밖에 없었다.

'슬라이더도 던질 줄 아는 건가? 설마 다른 구질도 있나? 젠장, 슬라이더도 잘 던지면 골치 아픈데…….'

너무 취해 정신이 나갈 정도로.

-타자가 흔들리는 게 눈에 보일 정도군. 아마 저 녀석 눈에는 패스트볼도 포크볼처럼 보일 거다.

그런 그들을 상대로 이진용은 아껴둔 카드를 기꺼이 꺼냈다.

'슬라이더에 신경이 팔린 상황에서 존에 들어오는 밋밋한 패스트볼이라면 당연히 배트가 나오겠지. 그런 상황에서 체인지업은 무조건 먹힌다. 문제는 한가운데 몰리면 안 된다는 것. 몸쪽으로 제대로 붙여야 한다는 것.'

"심기일전."

완벽하게 제구가 되는 체인지업을!

승부의 세계는 오묘하며, 기묘하다.

단순히 이론과 상식으로 설명할 수 없는 무언가가 존재한다.

이 사실은 모두가 느낄 수 있다.

예를 들면 승부를 앞두고 자신의 상대를 보는 순간 이런 느낌을 받을 때가 있다.

아, 오늘 이 녀석 상대로 이기기 힘들겠다.

오, 왠지 쉽게 끝날 것 같은데?

그런 종류의 느낌.

처음 만나는 상대임에도 불구하고, 상대에 대한 그 어떤 정보와 접촉도 없었음에도, 제대로 승부를 보기도 전임에도 이미 승패가 분명하게 가늠되는 듯한 느낌.

그런 느낌이 현실이 되는 경우는 생각보다 많다.

야구의 세계에서도 마찬가지였다.

상대 투수가 누구든 간에, 상대 타자가 누구든 간에 서로 마주하는 순간 어느 한쪽이 이미 우세한 경우가 있다.

그리고 압도적인 성적을 내는 이들은 이런 싸움에서 언제나 이기고 들어가는 경우가 많다.

그때 나오는 단어 중 대표적인 단어가 이거다.

아우라.

대단한 선수를 두고, 그 선수는 아우라부터가 달라! 라는 말이 나오는 이유다.

-아우라가 달라졌어.

김진호가 이진용으로부터 그 아우라를 느낀 건, 8번 타자가 이진용이 던진 그냥 평범한 패스트볼을, 어찌 보면 실투나 다름없는 공을 제멋대로 건드린 후에 내야 플라이로 타석에서 물러나는 순간이었다.

[25포인트를 획득하셨습니다.]

[1구로 타자를 잡았습니다. 보너스 포인트가 지급됩니다.]

[현재 2.20이닝 무실점 피칭 중입니다.]

[9타자 연속 범퇴까지 1명 남았습니다.]

"아우라? 운빨이 아니고요?"

-운빨도 계속되면 아우라가 되거든. 그리고 사실 제일 끝장나는 게 운빨이야. 운빨 좋은 놈은 더 운이 좋은 놈이 오기 전까지는 아무도 못 이겨.

그 사실에 이진용은 훗! 짧은 미소를 지었다.

그런 이진용의 눈에 머리 위에 22포인트를 단 채 타석에 서는 9번 타자가 보였다.

그뿐이었다.

이 순간 이진용에게 주변의 시선 따위는 보이지 않았다.

그는 더 이상 김진호에게 조언을 구하지도 않았다.

그리고 김진호 역시 더 이상 이진용을 향해 괜한 소리를 지껄이지 않았다.

지금 이 순간 마운드의 지배자는 그 누구도 아닌 이진용이었으니까.

120킬로미터짜리 직구는 절대 느리지 않다.

상식적으로 120킬로미터로 움직이는 물체가 느릴 리 없다.

그렇게 빠른 속도로 날아오는 주먹 크기의 하얀 물체를 길쭉한 막대기로 쳐낸다는 것 자체가 오히려 비상식적인 일.

즉, 120킬로미터짜리 패스트볼을 치는 행위는 심리적으로, 정신적으로 흔들리는 이가 정상적으로 수행할 수 있는 일이 아니다.

만약 정신적으로 흔들리는 상황에서 좋은 결과가 나오더라도, 그건 수행이라기보다는 요행에 가깝다는 의미.

'젠장!'

백팀의 9번 타자 이석천에게는 안타깝게도 그 요행이란 놈이 따르지 않았다.

그는 이진용의 패스트볼을 노렸고, 패스트볼이 날아오는 순간 배트를 휘둘렀다.

노리던 공이 왔고, 노리던 공을 때렸다.

그러나 긴장으로 인해 이미 리듬이 무너진 그의 몸뚱이는 고장난 기계와 다를 게 없었다.

빡!

거기서 이미 상황은 끝.

그가 친 공은 마치 블랙홀에 빨려 들어가듯 유격수 앞으로 빨려 들어갔고, 오늘 이런 땅볼 수비를 무려 여섯 차례나 하게 된 유격수는 이제 너무나도 쉽게 땅볼 처리로 3회 마지막 아웃카운트를 잡아냈다.

[24포인트를 획득하셨습니다.]

[최초로 9타자 연속 범타 처리에 성공했습니다. 실버 룰렛 이용권이 지급됩니다.]

[9타자 연속 범타 처리에 성공했습니다. 400포인트가 지급됩니다.]

[30이닝 연속 무실점 이닝에 성공했습니다. 300포인트가 지급됩니다.]

[누적 포인트는 2,892포인트입니다.]

"예압!"

그리고 이진용은 자신에게 주어진 기회를 잡아냈다.

겨울의 해는 짧았다.

중천에서 한없이 놀 것 같던 해는 잽싸게 가라앉을 준비를 했고, 야구장에는 태양빛 대신 조명빛이 내리기 시작했다.

[현재 보유하신 룰렛 이용권은 실버 룰렛 1회, 브론즈 룰렛 2회입니다.]

[현재 보유하신 포인트는 2,892포인트입니다.]

그 조명빛 아래에서 자신의 수확을 확인하는 이진용의 입가에 미소가 그어졌다.

-그만 좀 봐라. 벌써 몇 번째냐?

그런 이진용 옆에는 김진호가 조명빛이 그대로 통과하는 반투명한 모습으로 서 있었다.

그런 김진호에게 이진용이 씨익 웃으며 말했다.

"정말 이러다가 올해에 프로 되는 거 아닌지 모르겠네요. 아, 어느 팀으로 가게 될까? 김진호 선수는 어디가 좋을 것 같아요? 아버지는 무조건 부산 타이탄스를 원하실 것 같은데?"

-글쎄, 난 딱히 팀에 대한 애정은 없어서. 하지만 기왕 가는 곳이라면 우승할 수 있는 팀이 좋지.

"우승이요? 아, 김진호 선수는 월드시리즈 우승이……."

우승.

그 단어가 나오자 김진호가 쓴웃음을 지었다.

-내 하나 남은 숙원이었지. 96년부터 9시즌 동안 카디널스에서 봉사한 다음에 우승 좀 하겠다고 2004시즌 우승팀인 레드삭스 가니까, 그다음 해에 카디널스가 우승하더라. 빌어먹을.

메이저리그의 지배자라고 불리며 사이영상과 리그 MVP를 비롯해 투수가 받을 수 있는 모든 상을 받은 김진호였지만, 월드시리즈 우승 반지만큼은 가지지 못했다.

이진용 역시 그 사실을 잘 알고 있었다.

김진호가 얼마나 월드시리즈 우승과 거리가 먼 사나이였는지.

"그리고 레드삭스가 2007시즌에 또 한 번 월드시리즈 우승했죠."

-응? 뭐? 그게 무슨 소리야? 2007시즌 월드시리즈 우승을 레드삭스가 했다고?

"예. 거기서 월드시리즈 우승하고 김진호 선수 추모식도 짧게나마 했었죠."

-와, 미치겠네. 야, 그걸 왜 말 안 해줘?

"안 해주긴요? 김진호 선수 죽고 난 후에 월드시리즈 우승팀 목록 보여줬잖아요?"

그 말에 기억을 떠올린 김진호가 분노하듯 소리쳤다.

-컵스가 작년에 우승한 걸 봤는데 그딴 게 기억에 남겠냐? 그런 충격적인 걸 보고 다른 걸 기억하는 게 말이 돼? 젠장, 설마 컵스가 나보다 먼저 우승을 할 줄이야.

"아니, 이미 돌아가신 분이……."

-난 내 사후에도 백 년 동안은 컵스가 우승 못 할 거라고 생각했단 말이야.

"사후 백 년이라니, 그럼 컵스가 22세기까지 우승을 못 한다는 말인데 그게 말이 됩니까?"

-야, 생각해 봐. 1세기 동안 우승을 못 한 팀이 남은 1세기 동안 우승을 할 가능성이 높은지, 못 할 가능성이 높은지. 내가 엡스타인 단장 능력을 인정하고, 그래서 레드삭스 트레이드를 받아들인…….

"쉿."

그때 이진용이 말을 멈추고 고개를 돌렸다.

그런 이진용과 김진호를 향해 한 사내가 다가왔다.

-어? 범석이 형이네.

그 사내의 정체를 가장 먼저 파악한 건 김진호였다.

"정범석 감독이요?"

그 사실에 놀란 이진용이 급하게 자리에서 일어났다.

"음?"

그런 이진용의 모습에 도리어 다가오던 고양 스타즈의 감독, 정범석이 놀란 표정을 지었다.

그 표정 그대로 정범석 감독이 이진용 앞에서 멈췄다.

"날 알고 있나?"

"아, 그게……."

옆에 김진호 선수 유령이 친절하게 직접 가르쳐 주셨습니다! 구면이신 거 같은데 인사하실래요?

이진용은 당연히 그런 대답 따윈 하지 않았다.

"제가 입단하려고 하는 구단의 감독님인데, 당연히 알고 있어야죠."

-범석이 형이 독립 구단 감독이라니, 참 세월의 흐름이 무섭구나. 진용아, 대단한 분이다. 이래 보여도 스탠퍼드 대학교에서 박사 따신 분이다.

김진호의 거듭된 말에 이진용이 표정으로 좀 닥쳐요! 라고 말했다.

"음."

물론 그 표정에 대답한 건 김진호가 아니라 정범석 감독이었다.

정범석 감독이 이진용의 표정을 보고 살짝 고개를 갸웃했다.

눈치 빠른 이진용이 잽싸게 말했다.

"아으, 오랜만에 무리해서 던졌더니 몸이 뻐근하네요."

찌푸린 표정의 원인을 근육통으로 잽싸게 바꿨다.

"고생했네."

"하하, 아닙니다. 이 정도는 해야죠. 그래도 프로를 노리고 야구를 하는데요. 아, 그렇다고 해서 제가 체력이 약한 게 아닙니다. 제가 체격은 작아도 스태미나는 끝장납니다. 제 별명이 마운드의 메시입니다, 메시."

-지랄하네.

이진용의 표정이 다시금 살짝 일그러졌다. 그 표정 그대로 이진용이 어깨를 풀었다.

"이 정도는 스트레칭하면 금방 낫습니다. 조금 뻐근한 것뿐이니까요."

"체인지업이 멋지더군."

정범석 감독이 화두를 바꾸었다.

"감사합니다."

"혹시 알고 있나? 체인지업에 몇 가지 단계가 있는지?"

그 순간 툭 내뱉은 질문과 함께 정범석 감독은 눈빛을 날카롭게 번뜩였다.

그 눈빛 앞에서 김진호는 옅은 미소를 지었고, 이진용은 담담하게 대답했다.

"세 단계 아닙니까?"

"세 단계?"

"예."

'분명 김진호 선수는 체인지업에 세 가지 단계가 있다고 했지.'

이진용의 대답에 정범석 감독은 짧게 웃은 후에 이진용의 어깨를 두드렸다.

"잘 아는군. 설명은 필요 없겠어."

"예?"

놀라는 이진용을 향해 정범석 감독은 재차 어깨를 두드리며 마지막 말을 뱉었다.

"그럼 다음에 다시 봤으면 좋겠군. 만약 좋은 결과가 없더라도, 언제든 찾아와도 좋네."

그 말을 끝으로 정범석 감독이 사라졌다.

"무슨 일이십니까?"

김정호 투수코치, 그는 갑자기 이진용을 만나고 오는 정범석 감독에게 곧바로 다가와 질문했다.

"말해줄 게 있어서 갔네."

그 대답은 놀라운 대답이었다.

정범석 감독은 고양 스타즈의 감독이다.

그리고 현재 그라운드에서 마무리 운동을 하는 이들은 그 고양 스타즈의 일원이 되기 위해 트라이아웃에 도전한 자들이고.

그런 상황에서 감독이 지원자 중 한 명을 만나서 이야기한다는 건 여러모로 특별할 수밖에 없었다.

당연히 특별한 이유가 있다는 의미.

"무슨 이야기인지 여쭤봐도 되겠습니까?"

"체인지업에는 몇 가지 단계가 있는지 아나?"

그 질문에 김정호 투수코치는 곧장 대답했다.

"감독님 지론대로라면 세 가지 단계가 있죠."

정범석 감독, 그의 야구론에 따르면 체인지업에 세 가지 단계가 있다.

"첫 번째 단계는 그냥 느리기만 한 공."

1단계는 그냥 느린 공.

말 그대로 패스트볼과 비슷한 투구폼에서 나오되, 패스트볼보다 느린 공이다.

별거 아닌 것 같지만 느린 공을 던진다는 것만으로도 효과는 매우 좋다.

애초에 체인지업은 오프스피드 피치, 속도를 줄임으로써 타자의 타이밍을 어긋나게 만드는 공이니까.

"두 번째는 느려지는 공."

2단계는 느려지는 공이다.

어느 기준까지는 패스트볼처럼 날아오지만, 갑자기 브레이크를 밟은 듯 느려지는 단계.

한국프로야구에서 체인지업 고수 소리를 듣는 이들 대부분은 이 단계에 있다.

이쯤 되면 체인지업은 단순한 무기가 아니라, 어느 순간에나 믿을 수 있는 결정구가 된다.

"세 번째는 갑자기 느려지며 떨어지는 공."

마지막 3단계는 갑자기 느려지면서 동시에 뚝 떨어지는 공이다.

말 그대로 마구다.

야구의 신에게 선택 받은 자들만이 던질 수 있는 공이며, 그렇기에 야구 역사 속에서 이런 공을 던진 이들은 극소수에 불과했다.

"페드로 마르티네스의 체인지업 같은 공이죠."

메이저리그의 위대한 투수 중 한 명인 페드로 마르티네스의 체인지업이 그러했다.

본래 체인지업의 목적이 타자의 타이밍을 어긋나게 해서 히팅 포인트를 빗나가게 함으로써 땅볼을 유도하는 것이었지만, 페드로 마르티네스는 그 수준을 넘어 타자의 배트를 피해감으로써 헛스윙을 유도해 삼진을 잡아냈다.

"이진용 선수의 체인지업은 2단계라고 하기에 부족함이 없었죠."

이진용의 체인지업은 이 세 단계 중 2단계였다.

결과가 증명해 줬다.

이진용의 체인지업 앞에서 타자들의 배트는 전부 땅볼만을 만드는 부지깽이가 되었다.

"내가 이걸 누구에게 가장 먼저 들었는지 아나?"

이런 정범석 감독의 체인지업에 대한 지론은 사실 그가 처음 만든 게 아니었다.

"누구입니까?"

"김진호."

"아."

김진호.

메이저리그의 지배자라 불렸던 한국 역사상 그리고 메이저리그 역사 속에서도 길이 남을 위대한 투수.

"그가 내게 이것을 말해줬지. 그리고 나는 그를 대신해 다른 이들에게 말해주는 중이고."

"대단한 지론이군요."

김정호 투수코치는 짧게 감탄했다.

그 감탄과 함께 다시 물었다.

"그래서 이진용 선수와 체인지업에 대해 이야기하신 겁니까?"

정범석 감독은 대답 대신 눈을 살짝 감으며 고개를 끄덕였다.

그 순간 김정호 투수코치가 조심스레 질문했다.

"그럼 이진용 선수를 선발하실 생각이십니까?"

고양 스타즈의 선수 선발 권한은 오롯하게 정범석 감독에게 있는 상황.

그가 뽑고자 한다면 누구든 고양 스타즈의 유니폼을 입을 수 있고, 그가 원치 않는다면 그 누구도 고양 스타즈의 일원이 될 수 없다.

"일단 다시 한번 오늘 테스트 결과를 점검해야지. 그리고 내일 2차 테스트 결과도 봐야 하고."

때문에 정범석 감독은 확답을 뱉지 않았다.

선수 선출에 대한 이야기는 그저 이런 둘뿐인 자리에서 나눌 것이 아니라 트라이아웃이 끝난 이후 모든 코칭스태프가 모인 자리에서 해야 마땅한 이야기였으니까.

"분명한 건 우리가 선수를 뽑을 때 추구해야 하는 건 두 가지라는 점이지."

대신 명심해야 할 말만 뱉었다.

"프로에 갈 수 있는 선수를 프로로 가게 하는 것과 프로에 갈 수 없는 선수에게 더 이상 프로에 대한 미련을 가지지 못하게 못을 박는 것."

"그렇지요."

그 말을 끝으로 정범석 감독과 김정호 투수코치가 그라운드의 지원자들을 바라봤다.

2월 27일 월요일.

모두가 달콤한 휴일이 끝나고, 절망적인 월요일을 맞이하는 날.

그날 이진용은 그 누구보다 여유 넘치는 생활을 하고 있었다.

"음, 커피 향이 좋네. 마치 뉴요커가 된 기분이야."

막 내린 커피 향을 깊게 음미하며, 호밀빵과 치즈를 옆에 둔 채 친구에게 빌린 태블릿PC로 2016시즌 메이저리그 야구 중계를 보는 이진용은 이 순간 뉴요커가 된 듯한 기분을 받았다.

-뉴요커 같은 소리하네.

물론 그 기분은 오래 가지 않았다.

-뉴요커 중에 그렇게 커피 음미하는 인간이 어디 있냐? 비싼 집세에, 더 비싼 애들 학비 대려고 눈에 불을 켜고 돈 버는 일을 찾느라 바쁘지. 진짜 여유 넘치는 인간들은 마이애미에 저택 하나 두고 아침 날씨 보면서 오늘 서핑을 할지 아니면 요트를 탈지, 그냥 집에서 파티나 할지 고민한다고. 그거 알아? 뉴욕 스타벅스 매출의 대부분을 뉴요커가 아니라 뉴욕 관광객들이 채워준다는 거?

이준용과 함께 열심히 메이저리그 경기 영상을 보던 김진호가 그런 이진용을 그냥 두지 않았으니까.

"거, 굳이 그렇게까지 정신적인 안녕과 낭만을 부수셔야 속이 편하시겠습니까? 가뜩이나 결과 발표 앞두고 있어서 초조해 죽겠는데."

-초조할 게 뭐 있어? 되면 좋은 거고, 안 되면 안 되는 대로 다음을 기약해야지.

"그게 트라이아웃을 위해 사장보고 퇴직금 준비하라고 말한 백수한테 할 말입니까?"

-이놈 봐라? 그럼 뒈져서 아무것도 못 하는 것도 억울한데 예쁜 미녀도 아니고, 못생긴 사내새끼하고 지내는 유령한테 그게 할 말이냐?

"제가 뭐가 못생겼습니까? 이 정도면 충분히 잘생겼지!"

-아무래도 정말 머리에 문제가 있는 모양이네. 어쩌면 진짜 네 말대로 내가 환각일지도 모르겠다. 정신과 진단 한 번 제대로 받아보는 게 좋겠네. 예약해 줄까? 아, 이런 난 스마트폰 터치가 안 되는구나. 미안하다. 터치만 됐어도 내가 잘 아는 정신과 주치의를 소개해 줬을 텐데. 응? 야, 지금 너 뭐해?

"벨소리 반야심경으로 바꾸는 중입니다."

언제나 그렇듯 이제는 일상이 되어버린 그 둘의 대화는 곧바로 다른 주제로 넘어갔다.

"그보다 정말 무조건 트라이아웃 통과했을 때 룰렛을 돌려야 합니까?"

이진용의 질문에 김진호가 이진용을 통과한 후에 그의 뒤에서 그의 어깨를 두드렸다.

-말했잖아? 장기적으로 그림을 그려야 한다고.

이진용, 그는 현재 트라이아웃에서 얻은 룰렛 이용권과 포인트를 사용하지 않는 중이었다.

브론즈 룰렛 이용권 2장, 실버 룰렛 이용권 1장 그리고 2,800여 포인트.

최대 5회까지 룰렛을 돌릴 수 있음에도 그 천금 같은 기회를 쟁여두고 있었다.

-만약 트라이아웃에 합격한다면, 당장 선수로 성적을 내야 하는 만큼 가시적인 스펙업이 필요해. 하지만 트라이아웃에 탈락한다면 다시 트레이닝을 해서, 네가 도달할 수 있는 최대한의 능력치를 꺼낸 후에 그때 가서 룰렛을 돌리는 게 합리적이지.

이유는 김진호의 설명대로였다.

룰렛의 효과는 확실하다. 당장 즉각적인 스펙업을 바랄 수 있다.

그리고 만약 트라이아웃에 통과해서 고양 스타즈의 멤버가 된다면 즉각적인 스펙업이 필요하다.

고양 스타즈의 선수가 된다면 거듭 경기를 치르게 될 테고, 그 경기를 통해 포인트 획득이 수월해질 테니까.

하지만 트라이아웃을 통과하지 못한다면?

그때 가면 이진용은 즉각적인 무언가를 꾀하기보다는 다시 장기적인 준비를 해야 한다.

일단 사회인 야구에서 활동하며 포인트를 쌓을 준비를 해야 한다.

그러나 사회인 야구에서 얻는 포인트와 독립 구단 소속으로 얻는 포인트가 같을 리 없다.

현재 이진용과 김진호가 파악하기에, 사회인 야구 1부 또는 2부 리그에서 야구 좀 한다는 선수들의 기본 포인트는 10포인트에서 30포인트 사이다.

반면 프로야구 2군 소속 선수들의 경우에는 30포인트에서 80포인트 사이.

당연히 고양 스타즈에 입단하지 못하면 그 이후 포인트를 모으는 건 어려워질 수밖에 없고, 그 경우에는 이진용이 자신이 가진 바를 한계치까지 끌어낸 후에 포인트를 쓰는 게 현명했다.

"후우."

이진용이 그 사실을 되새김질하며 숨을 골랐다.

띵!

그 순간 이진용이 올려둔 스마트폰이 문자 수신음을 토해냈다.

-야! 문자 왔다!

"알아요!"

그리고 곧바로 문자를 확인한 이진용과 김진호는 동시에 소리쳤다.

-야, 돌려라!

"예, 돌리겠습니다!"

이진용, 그가 고양 스타즈에 입단했다.

"어."

복권에 한 번 당첨되면 기분은 째진다.

-음.

그런데 똑같은 복권에 두 번 당첨되면 그때 기분은 째지기보다는 이상해진다.

그리고 만약 세 번 당첨된다면…….

"저기, 이거 느낌이 좀 싸하네요."

-야, 아무래도 진짜 굿이라도 해야겠다. 한번 알아보는 게 어떠냐? 아니면 절에 가서 절이라도 하거나.

그때는 즐거움보다는 오히려 두려움이란 감정이 온몸을 엄습하기 시작한다.

지금 이진용과 김진호의 상태가 그랬다.

브론즈 룰렛 4회 그리고 실버 룰렛 1회.

총 5회의 룰렛을 돌릴 기회를 가지게 된 그들은 곧바로 브론즈 룰렛부터 돌렸다.

그렇게 얻은 결과물은 예상대로였다.

[구속이 1증가합니다.]

[구속이 1증가합니다.]

[체력이 1증가합니다.]

[구속이 1증가합니다.]

구속이 3증가했고, 체력이 1증가했다.

실버 등급이나 골드 등급에 걸리는 대박은 없었지만, 그래도 충분히 의미 있는 결과물이었다.

아니, 오히려 안심했다.

이제까지 있었던 행운이 그제야 행운답게 느껴졌다.

더욱이 그 결과물은 결코 손해가 아니었다. 이것으로 이진용의 최대 구속은 122킬로미터가 됐으니까.

그렇기에 처음으로 실버 룰렛을 돌리게 됐을 때, 기대는 할지언정 실망은 하지 않을 생각이었다.

당연히 실버 룰렛이 활성화되는 순간 칸이 100개에서 200개로 늘었을 때, 그중에 단 하나의 칸만이 백금색으로 빛나고 있었을 때, 결코 그 백금색 칸에 눈길을 주지 않았다.

그랬는데 백금색 칸에 걸렸다.

[일일특급 스킬을 습득하셨습니다.]

그 순간 이진용과 김진호는 감히 기쁨의 환호성이나 그저 의미 없는 우스개 푸념을 뱉지 못했다.

그 정도였다.

[일일특급]

-스킬 랭크 : F

-스킬 효과 : 습득한 구종 중 하나가 B랭크가 됩니다. 이 효과는 24시간 동안 지속됩니다.

-이미 B랭크인 구질에는 스킬 효과가 적용되지 않습니다.

[일일특급 효과에 의해 커브의 구질 랭크가 B랭크로 상승했습니다.]

일일특급.

새롭게 습득한 플래티넘 등급의 스킬은 둘의 입조차 멎게 할 정도로 엄청났다.

그나마 김진호가 먼저 정신을 차렸다.

-그러니까 구질 중 하나를 하루 동안 B랭크로 만들어주는 스킬이네? 오늘 패스트볼이 B랭크였다면, 내일은 슬라이더가 B랭크가 되는 식이라, 이건가?

정신 차린 김진호가 일일특급 스킬의 효과를 정리했다.

그렇게 정리를 마친 후에야 김진호는 경악했다.

-와, 이건 말도 안 돼! 매일 아이템 하나씩 처먹는 거랑 뭐가 달라? 이런 스킬이 어디 있어? 완전 막장이잖아? 치트 수준이잖아!

그런 김진호의 말에 이진용은 평소와 달리 반문하지 않았다. 아니, 감히 할 수 없었다.

오히려 그는 의문을 가졌다.

"어떻게 하죠?"

-뭘?

"아니, 그러니까 이 스킬……."

말을 뱉으려는 순간 이진용이 정신을 차렸다. 그는 심호흡과 함께 이제 상황을 파악한 듯 거세게 요동치고 있는 자신의 심장을 향해 릴렉스를 거듭 주문했다.

그리고 어느 정도 진정이 됐을 때 입을 열었다.

"아무래도 상황이 달라진 거 같습니다."

-달라진 정도가 아니지. 이건 대박이야. 매일매일 결정구가 바뀌는 거라고!

"중요한 건, 나빠진 건 아니라는 거죠."

-그렇지.

"이에 맞게 새로운 레퍼토리를 짜야겠죠?"

말과 함께 이진용은 김진호를 바라봤다.

갑작스러운 상황에 당황했지만, 겁을 먹은 기색도 있지만,

꿈을 향한 열망으로 활활 타오르는 눈빛으로.

그 눈빛에 김진호가 옅게 웃었다.

-잘 아는군. 체인지업은 B랭크이니까 상관없지만, 패스트볼과 슬라이더, 커브가 B랭크가 됐을 때 쓸 볼 배합을 전부 준비해 둬야지. 여기서 명심해야 하는 건?

"이런 거 생겨봤자 제 스펙이 여전히 후지다는 거겠죠."

-자, 그럼 일단 슬라이더부터 하지. 좋은 슬라이더를 가진 투수가 뭘 해야 하는지, 그것부터 공부를 시작하자고.

3월이 되는 순간부터 한국프로야구는 시범 경기를 시작으로 본격적인 시즌을 시작한다.

독립 구단인 고양 스타즈의 시즌 역시 그에 맞춰서 시작된다.

"합격자 3명에게 통보를 마쳤습니다."

"수고했네."

그런 고양 스타즈에게 있어 트라이아웃을 통해 새로이 영입한 선수는 그다지 중요한 것이 아니었다.

"그럼 이제부터 이번 2017시즌 일정에 대한 이야기를 시작하겠습니다. 이번 2017시즌에서 우리 팀은 퓨처스리그 팀과 총 36번의 교류전을 치르게 됐습니다."

중요한 건 2017시즌 고양 스타즈가 프로야구 2군 구단들의 리그인 퓨처스리그의 팀들과 치르는 36번의 교류전이었다.

"올해도 용케 36경기를 받아냈군요."

"24경기로 축소한다고 했을 때 놀랐는데, 다행입니다."

그야말로 천금과도 같은 기회였다.

독립 리그는 단어 그대로 한국프로야구와는 독립된 리그를 말함이다.

당연히 한국프로야구 구단들이 자신들과 독립된 리그의 팀과 경기를 치러줄 의무는 어디에도 없었다.

그럼에도 한국프로야구 구단들이 산하 2군 팀들과 고양 스타즈와의 경기를 허락해 준 건 고양 스타즈의 모든 관계자들 그리고 고양 스타즈를 응원하는 한국 야구계 관계자들의 읍소 때문이었다.

"많은 분들이 힘써 주신 덕분이지."

한국 야구에서 나름 어르신 대우를 받는 이들이 구단 관계자들을 찾아가 한국 야구의 미래를 위해 배려해 달라고 읍소를 했다.

고양 스타즈 역시 비시즌 동안 구단 관계자들을 찾아가 고개를 수도 없이 숙이고, 없는 돈을 털어 술대접도 하고, 때로는 무릎 꿇고 눈물마저 흘리면서 부탁했다.

그럼에도 불구하고 언제 사라져도 이상할 게 없는 결과물이었다.

앞서 말했듯이 프로 구단들이 자신들과 전혀 별개의 독립된 리그에 아량을 베풀 법적인 근거 따위는 눈곱만큼도 없으니까.

그래서 천금이었다.

지금 가진 것이 어쩌면 마지막이 될지도 모르는 천금!

"일단 타선부터 점검해야겠죠."

"3번은 박준형밖에 없습니다."

당연한 말이지만 고양 스타즈의 코칭스태프들은 그 천금 같은 기회를 낭비할 생각이 없었다.

"상대하는 프로 2군 팀들도 박준형이 나오길 기대할 겁니다. 녀석을 눈독 들이는 구단은 10개 구단 전부이니까요."

"그게 아니더라도 준형이가 3번에 배치되면 여러모로 좋습니다. 어떤 식으로든 게임을 이끌어가 줄 타자이니까. 무엇보다 프로에 가장 가까운 녀석이 프로에 가야 다음에도 프로 구단들이 우리에게 기회를 주겠죠."

"투수 중에는 김필중의 공이 요즘 괜찮습니다. 좋을 때는 140대 후반도 찍습니다. 새가슴인 게 문제이지. 그래도 달라졌을지 모르니 2군 경기 무대에서 올리면 될 듯합니다."

"혜성이가 겨울 동안 몸을 제대로 만들었습니다. 아시다시피 작년에는 부상 때문에 헤맸지만 올해는 다를 겁니다."

고양 스타즈 코칭스태프들은 프로 2군과의 시합에 자신들이 낼 수 있는 최고의 카드들을 선보일 생각이었다.

그 무대를 그들을 위한 쇼케이스로 마련해 줄 생각이었다.

그를 통해 한 명이라도 더 많은 선수를 프로로 보내고, 그를 통해 고양 스타즈의 존재 가치를 프로 구단으로부터 인정받는 것이 고양 스타즈의 모든 이들이 원하는 바였으니까.

"그럼 일단 투수부터 정리하지. 일단 3월 10일에 잡힌 서울 엔젤스 2군과의 경기에는 김필중이 선발로 나오는 게 괜찮을 듯하군. 지난 엔젤스전에서 1이닝 등판해서 잘 막았으니 그쪽에서 분명 어느 정도 공략을 가지고 올 테고, 그럼 필중이의 대처 능력을 볼 수 있을 테니까."

정범석 감독 역시 같은 생각이었다.

그는 제한된 기회를 공평하게 나눌 생각이 없었다.

그게 프로의 세계이기도 했다.

능력 있는 자가, 가능성이 있는 자가 보다 많은 기회를 누릴 수밖에 없는 세계.

"그럼 일단 3월과 4월 일정은 어느 정도 정리됐으니까……."

그렇게 시작된 이야기 속에서 이진용이란 이름이 언급된 건, 사실상 퓨처스리그 경기 이야기가 전부 끝난 다음이었다.

"3월 6일에 있을 사회인 야구팀인 블루 드래곤즈와의 시합 엔트리는 어떻게 짤까요?"

"3월 10일에 엔젤스와의 경기에 나오는 타자들은 경기 감각도 살릴 겸 그대로 넣고, 투수 쪽은 혹시 부상이 생길지 모르니 선발보다는 상황에 따라 불펜으로 투입하면 될 듯합니다."

"선발이 문제이겠군. 1회부터 9회까지 투수를 1이닝씩만 투입하는 건 좀 그렇고, 일단 3,4이닝 정도는 소화해 줄 선수가 필요하니까."

"태준이 어떻습니까?"

"최근에 직장에서 일하다가 발목을 조금 삐끗했다고 합니다."

"영섭이는?"

"영섭이는 구속이 작년만큼 안 나옵니다. 괜히 무리시키는 것보단 날씨 좀 풀리면 내보내는 게 좋을 듯합니다."

"마땅한 선수가 없군. 적당히 경기 운영해 줄 선수가 아무도 없나?"

"……그럼 이진용 선수 어떻습니까?"

그 이름을 꺼낸 건 다름 아니라 김정호 투수코치였다.

"이진용?"

"트라이아웃 첫날 청백전 때 9타자 연속 범타 처리한 선수입니다."

김정호 투수코치의 이어진 설명에 그제야 코칭스태프들은 이진용의 얼굴을 제대로 떠올릴 수 있었다.

사실 고양 스타즈의 코칭스태프들 대부분은 이진용을 뽑는 것에 대해서 긍정적이지 않았다.

반대로 부정적이지도 않았다.

분명 테스트 채점 결과 자체는 좋았다.

기초 신체 능력 테스트에서는 평균 수준의 결과가 나왔고, 청백전에서는 9타자 연속 범타라는 놀라운 성적을 보였으니까.

하지만 패스트볼 구속이 기껏해야 110대 후반, 날이 풀리고 구속이 오른다고 해도 그 기대치가 120대에 불과한 투수에게는 그 누구도 관심을 가질 이유가 없었다.

오로지 한 명, 정범석 감독만이 이진용에게 관심을 가졌고 그것이 그가 고양 스타즈의 일원이 된 이유였다.

"예. 구속이 느리니까 초반에 내보내면 뒤에 나오는 투수들이 적잖게 덕을 볼 겁니다. 하물며 주무기는 체인지업이니, 땅볼 타구가 주로 나올 겁니다. 내야수들의 컨디션 체크에도 도움이 될 겁니다."

그런 이진용의 이름을 김정호 투수코치가 꺼낸 것도 바로 그런 부분 때문이었다.

김정호 투수코치는 정범석 감독이 이진용을 뽑은 거에 대해서 딱히 불만은 없었다.

중요한 건 역할.

정범석 감독의 역할은 선수를 뽑는 것이고, 선수를 기용하는 것이 전부다.

이진용이란 투수를 키우고, 만드는 건 투수코치의 역할이었다.

"무엇보다 그 선수가 얼마나 잘 던질지 제대로 파악할 필요가 있지 않습니까?"

김정호 투수코치는 사회인 야구팀인 블루 드래곤즈를 이용해 자신이 이제부터 키우고, 만들어가야 할 이진용이란 투수를 보다 제대로 파악할 생각이었다.

그런 김정호 투수코치의 말에 좌중의 시선이 정범석 감독을 향했다.

앞서 말했듯 선수를 기용하는 건 오로지 감독의 몫.

"나쁘지 않군. 그럼 블루 드래곤즈와의 경기에서 이진용이 선발로 나오면 되겠군."

그때 정범석 감독이 오케이 사인을 냈다.

"선수 본인에게 통보하도록."

◆ 5화 ◆

등관 날이 장날이다

STARS.

별빛 같은 노란빛 글자가 가슴팍에 새겨진 야구 점퍼를 입고 있는 사내가 고개를 들어, 3월의 봄을 마주할 준비를 마친 그라운드를 바라봤다.

그제야 사내는 실감할 수 있었다.

'정말 합격했구나.'

자신이 이곳, 고양 국가대표 야구장을 홈구장으로 쓰는 독립 구단, 고양 스타즈의 일원이 되었다는 것을.

'이제 준프로다.'

자신이 프로야구 선수와 가장 가까운 곳에서 그곳을 바라볼 수 있는 자가 되었음을.

그 사실에 이진용은 감격했다.

-매월 70만 원을 내고 야구를 한다…….

물론 그런 이진용의 바로 옆에서 좀 더 높은 눈높이로 그라운드를 바라보는 김진호의 감상은 달랐다.

-난 매년 천만 달러 받고 야구했는데.

"여하튼 인간 기분 잡치게 하는 재주는 정말 대단하시다니까. 꼭 그런 말을 해서 자라나는 새싹의 들뜬 마음을 짓밟으셔야겠어요?"

-거짓말한 것도 아닌데 뭐. 돈 내고 야구하는 거 맞잖아?

김진호의 말 그대로였다.

고양 스타즈, 독립 구단인 이 팀은 당연한 말이지만 재정 상황이 그다지 좋지 못했다.

코치들 월급도 마음껏 줄 수 없는 수준.

솔직히 말하면 코치들조차도 어느 정도 선수들을 위해 봉사한다는 마음을 가지고 있을 정도다.

하물며 그런 재정 상황에서 선수들에게 연봉을 준다는 건, 사실상 불가능한 일이었다.

오히려 고양 스타즈의 선수들은 매월 70만 원이란 비용을 구단에 지불하고 있었다.

물론 그게 비싸다고 생각하는 이는 없었다.

"여기 있는 시설 마음대로 쓰고, 식사에 숙소에 코칭에 시합까지. 이렇게 다 해주는데 70만 원이면 거저죠. 장비까지 지원해 주잖아요? 무제한은 아니지만."

오히려 반대, 고양 스타즈 소속으로 받는 혜택과 지원을 고려하면 70만 원은 비용조차 아니었다.

실제로 고양 스타즈 선수들 중 70만 원을 낸다는 사실에 불만을 가지는 이는 없었다.

70만 원을 내고서라도 고양 스타즈의 일원으로, 프로야구 선수를 꿈꾸며 계속 야구를 한다는 사실에 감사하고, 감격할 뿐.

이진용 역시 마찬가지였다.

-그러면 안 돼.

하지만 김진호는 달랐다.

"무슨 말입니까?"

-그런 식으로 생각하면 안 된다고.

김진호, 그가 이진용의 눈을 마주 봤다. 그는 유령이었지만, 그의 눈빛은 강렬했다.

꿀꺽!

이진용이 그 위압감에 저도 모르게 침을 삼키게 될 정도.

김진호가 그 눈빛 그대로 질문을 던졌다.

-너 마이너리그랑 메이저리그의 차이를 알아?

"많이는 들어봤죠. 트리플A와 메이저리그는 리그로 따지면 한 단계 차이이지만, 대우는 하늘과 땅 차이라고."

-내가 카디널스와 처음 계약을 했을 때, 마이너리그에서 시즌을 시작했지. 그런데 사실 그럴 필요는 없었어. 내 기량은 이미 그때도 끝판왕이었거든. 기량 향상을 위해서 내가 마이너리그에서 수업을 받을 필요는 눈곱만큼도 없었지. 그런데 카디널스는 그런 나를 마이너리그에서 1시즌 동안 두고 있었지. 왜 그런지 알아?

"멘탈 강화를 위해서?"

-넌 내 멘탈이 굳이 강화가 필요하리라 생각해? 메이저리그 데뷔 시즌에 20승을 한 투수한테?

"음, 그럼 그 더럽고 지랄 맞은 성깔 좀 죽이려고? 마이너리그의 눈물 젖은 햄버거 처먹고 정신 좀 차려라?"

-뭐, 그런 이유가 없진 않았겠지. 내가 그때 좀 거만하긴 했으니까. 카디널스랑 계약했을 때 20승 달성하면 페라리랑 람보르기니랑 맥라렌 세 대를 한 번에 내 명의로 뽑아주는 옵션 넣어달라고 했거든. 하지만 주요 이유는 아니었어.

"그럼 뭡니까?"

-탐욕, 갈증.

말을 하던 김진호는 그 날카로운 눈매로 그라운드를 바라봤다.

그때 때마침 찬바람이 그라운드 위를 지나갔다.

그래서일까?

그라운드가 김진호의 눈빛에 몸을 떠는 듯했다.

-메이저리그는 나날이 부유해지지만, 마이너리그는 여전히 궁핍하지. 메이저리그 사무국이 돈이 없어서?

"그럴 리는 없겠죠. 버는 돈이 얼만데."

-맞아. 메이저리그 사무국은 당장 마음만 먹으면 트리플A리그의 모든 선수들의 식단을 싸구려 빵과 잼이 아니라 랍스터와 스테이크로 바꿀 수 있어.

"에이, 그건 좀……."

-트리플A 리그에 소속된 구단이 30개라고 하면, 거기 속한 선수는 2천 명쯤 돼. 그들 식비로 연 1만 달러를 배정하면 1년에 그들 식비는 얼마가 나올까?

"2천만 달러 나오죠."

-요즘 메이저리그에서 공 좀 던지고, 배트 좀 휘두른다는 인간 1년 연봉이지.

그제야 이진용은 천만 달러라는 액수가 가지는 거대함을 좀 더 선명하게 느낄 수 있었다.

-어쨌거나 본론으로 돌아오면, 메이저리그 사무국은 마이너리그 선수들을 먹여 살릴 능력이 충분해. 하지만 그들은 그러지 않아. 1세기 넘는 세월 동안 배웠거든.

"그게 뭡니까?"

-마이너리그에서 배고픔을 느낀 놈들만이 메이저리그에서

괴물이 될 수 있다는 걸.

이윽고 김진호가 다시 이진용을 바라봤다.

-메이저리그는 그런 곳이야. 만족 따윈 없어. 10승을 하면 20승을 하고 싶어지고, 50홈런을 때리면 60홈런을 때리고 싶어지지. 그래서 이미 모든 걸 얻은 놈들이, 부와 명예를 이미 넘치도록 얻었음에도 약에 손을 대는 놈들이 나오는 거야.

"아……."

-보통 선수들에게 메이저리그에서 40홈런과 40도루를 한 시즌에 동시에 기록하는 건 꿈의 기록이지만, 배리 본즈는 거기에 만족하지 못했지. 반대로 말하면 그에게는 그런 탐욕과 갈증이 있었기에 40-40을 할 수 있었던 거고. 그런 거야. 메이저리그의 선수들 중 자기 성적에 만족하는 선수는 단 한 명도 없어.

"제가 실수했습니다."

그 눈매 앞에서 이진용은 기꺼이 반성했다.

"여기에서 만족하면 안 되는데, 만족했네요."

그런 이진용의 모습에 김진호는 고개를 끄덕였다.

-만족하지 마. 절대. 무슨 대우를 받아도, 그 이상을 요구하고, 그 이상을 해내. 70만 원 내고 여기 있는 걸 누린다는 사실에 만족 따위는 하지 마.

"예."

그 순간 김진호를 바라보는 이진용의 눈빛은 자신이 평생 섬겨야 할 군주를 보는 신하의 눈빛처럼 변해 있었다.

죽음을 명령해도 기꺼이 따르고도 남을 충신의 눈빛!

김진호가 그런 이진용을 향해 말했다.

-자, 그럼 나를 따라 외쳐.

"예!"

-나는 병신이다!

"나는 병…… 아, 진짜!"

-으하하하!

이진용, 그의 고양 스타즈 선수생활이 그렇게 시작됐다.

"블루 드래곤즈와의 경기에서 선발로 출전한다."

"예?"

고양 스타즈의 일원이 되어 홈구장을 방문한 첫날, 이진용이 가장 먼저 받은 통보는 다름 아니라 선발 등판 통보였다.

-우와! 벌써 선발이라니! 이거 구단에서 너에게 거는 기대가 아주 대단한 모양인데?

놀라운 일이었다.

트라이아웃으로 막 통과한 선수에게 선발 자리를 맡긴다?

그것도 패스트볼 구속이 120킬로미터에 불과한 투수에게?

-아니면 70만 원은 이미 받았으니까, 개망신 줘서 쫓아내려는 수작을 부리는 것일지도 몰라. 그래, 그게 맞는 거 같다. 그게 아니면 널 받을 이유가 없잖아? 갑자기 선발 등판 시킨 후에 한 이닝에 만루 홈런 두 번 맞을 때까지 마운드에 놔두는 거지.

결코 평범하진 않은 일.

때문에 이진용은 이 사실을 마냥 기쁘게 받아들이지 않았다. 그는 김정호 투수코치의 두 눈을 바라보며 말했다.

"혹시 제게 원하시는 게 있으십니까?"

그리고 자신의 공과는 비교할 수도 없는 돌직구를 던졌다.

김정호 투수코치는 그런 이진용의 눈을 직시했다. 이진용은 그 눈을 피하지 않았다.

'고양 스타즈도 나만큼 필사적인 팀이다. 한 경기, 한 경기가 프로 구단만큼 소중한 팀. 그런 팀이 그냥 단순히 내게 선발 등판 기회를 줄 리가 없잖아?'

오히려 자신의 눈빛을 또렷하게 불태웠다.

'이유가 있다. 그리고 그 이유가 뭐든 간에 이 기회를 마다할 이유는 없어.'

그 눈빛은 탐욕의 눈빛이었다.

무슨 특별한 이유가 있든 간에, 선발로 올려준다고 말했으니 무조건 선발로 마운드에 오르고 말겠다는 눈빛.

그 눈빛에 김정호 투수코치는 인정했다.

'심장은 확실하군.'

이진용이 다른 건 몰라도, 심장 하나만큼은 그 어떤 투수들보다 강인하다는 것을.

때문에 김정호 투수코치는 숨기지 않았다.

"자네를 뽑은 건 감독님의 의지였네. 솔직히 말하면 나는 자네에게 별 관심이 없었네."

김정호 투수코치가 자신의 속내를 진솔하게 토해냈다.

"우리 구단은 독립 구단이지만, 사실상 프로 선수를 배출하는 것을 목표로 삼고 있지. 그리고 자네도 알다시피 구단 상황은 열악하고, 결국 열악한 상황에서는 선택과 집중을 할 수밖에 없네. 그런 의미에서 더 이상 성장 가능성이 보이지 않는 자네에게는 부정적인 생각도, 긍정적인 생각도 없었네. 노골적으로 말하면 관심을 가질 대상이 아니었지."

이진용은 그 말에 담담히 고개를 끄덕였다.

-이게 그 유명한 팩트 폭력이구나.

상처받고 자시고 할 문제가 아니었다.

-나한테 감사해야겠다. 내가 그동안 열심히 단련시켜 준 덕분에 팩트 폭력을 당해도 조금의 아픔도 없잖아?

애초에 이미 다른 한 명에게 그런 진실의 폭행을 수도 없이 당한 덕분에 단련이 끝나 있었으니까.

"현재 우리 스타즈의 최우선 목표는 3월 10일에 잡힌 엔젤스 2군과의 교류 시합이네. 매우 중요한 경기지. 블루 드래곤즈와의 경기는 엔젤스 2군과의 교류전을 위한 예열 무대이고."

"연습 무대이군요."

"그렇지. 그리고 연습 무대에는 그 연습을 도와줄 도우미가 필요하지. 이진용, 자네에게 바라는 건 그거네. 정보가 없는 팀을 상대로 나와 이닝을 소화해 주는 것. 3이닝에서 5이닝 사이, 그 이후에는 엔젤스전에 올라올 투수들이 올라와 1이닝씩 이닝을 소화하게 될 걸세."

"스윙맨이군요."

"스윙맨인데 사정에 따라 선발로 나온 격이지."

상황 설명은 그것으로 끝이었다.

이진용은 자신이 선발로 나오는 이유를 알았으니까.

'개꿀이네.'

더불어 이진용은 그 사실에 감사했다.

'이런 식으로 곧바로 경기에 나올 줄이야!'

한 경기라도 소중한 이진용 입장에서는 오히려 이런 경기야말로 바라던 바였으니까.

"최선을 다하겠습니다."

때문에 이진용은 정말 기쁜 마음으로, 진심을 담은 말을 뱉었다.

김정호 투수코치는 그런 이진용의 모습에 나름 감탄했다.

'스물넷.'

이진용의 나이가 핏기 어린 나이는 아니지만, 김정호 투수코치의 나이로 본다면 아들뻘이나 다름없는 건 사실.

그러나 지금 이진용이 보여주는 모습 어디에도 치기 어린 느낌 같은 건 없었다.

'어떤 식으로든 무언가 결과를 남길 녀석이야.'

때문에 이 순간 김정호 투수코치는 이진용에 대한 평가를 수정했다.

운 좋게 박준형을 잡고 트라이아웃에서 9타자 범타라는 기록을 만든 청년이 아니라, 누가 보더라도 처참한 자신의 처지 속에서도 꿈을 잃지 않고 노력하는 청년으로.

충분히 도움과 조언을 받을 자격이 있는, 꿈을 품을 자격이 있는 미생으로.

"궁금한 게 있으면 얼마든지 질문하게."

"예, 그럼 잘 부탁드리겠습니다."

그때였다.

우웅!

김정호 투수코치의 점퍼 주머니에 있던 스마트폰이 힘차게 몸부림을 치기 시작했다.

"실례하겠네."

김정호 투수코치가 스마트폰을 꺼낸 후에 이름을 확인했다.

'박 기자?'

발신자는 다름 아니라 스포츠 신문에 소속된 기자였다.

'무슨 일로?'

잘 알고 지내는 사이였다.

김정호 투수코치가 현역 시절부터 지금까지 이어진 인연이니 무슨 말이 필요할까?

하지만 3월 초, 독립 구단 소속 투수코치와 스포츠 신문 기자가 통화할 일은 거의 없었다.

특별한 경우가 아닌 이상은.

"어, 박 기자. 오랜만이네."

그렇기에 김정호 투수코치는 충분한 마음의 준비를 한 상태로 통화를 시작했다.

"뭐?"

그럼에도 그의 표정은 금방 무너졌다.

"알겠네. 감독님께 전해 드리지. 고맙네."

통화를 마친 김정호 투수코치는 곧바로 이진용을 바라봤다. 그 순간 그는 잠시 멈칫거렸다.

이 중요한 정보를 과연 이진용에게 말해줘야 할지.

'골치 아프게 됐군. 어떻게 일이 이런 식으로……'

만약 오늘 이진용을 만나기 전이었다면 그는 결코 이 정보를 말해주지 않았을 것이다.

그러나 지금 김정호 투수코치에게 이진용은 충분히 관심과 가치를 받을 자격이 있는 선수였다.

그렇기에 입을 열었다.

"블루 드래곤즈의 선발투수가 안찬섭이라고 하는군."

"예?"

그 사실에 이진용은 기겁했다.

"설마 2015시즌에 16승을 한 대구 레이번스의 그 안찬섭을 말씀하시는 겁니까?"

안찬섭.

그는 흔히 말하는 신이 내린 재능의 소유자였다.

150킬로미터가 넘는 패스트볼을 계속 던질 수 있는 어깨를 가지고 있었으니까.

그렇기에 그는 올림픽 같은 국제대회가 있을 때면 가장 먼저 국가대표 명단에 이름을 올렸고, 매 시즌이 끝나고 연봉 협상 시즌이 시작될 때면 가장 높은 연봉 인상률로 포털 사이트에 이름을 올렸다.

로열 로더!

그야말로 왕이 되는 길을 걸었던 선수였다.

그런 안찬섭의 황금 길에 먹구름이 낀 건 2016시즌 개막을 앞둔 3월 무렵이었다.

-도박?

"예. 불법 도박한 게 걸려서 검찰에서 벌금형 받았습니다. 대구 레이번스는 검찰 발표 뜨는 순간 안찬섭을 임의탈퇴시켰고요. 당연히 2016시즌은 통째로 날렸죠."

-그래서 내가 몰랐군. 2016시즌에 그 녀석이 나온 경기가 한 경기도 없어서.

불법 도박으로 벌금형을 받은 안찬섭은 자신의 일곱 번째 시즌이 될 2016시즌을 흑역사로 만들었다.

-그래서 실력은?

하지만 그의 야구 선수 생활이 그런 식으로 끝나리라고 생각하는 이는 없었다.

1년의 자숙 기간을 거친 후에 2017시즌에는 어떤 식으로든 프로야구 무대에 복귀하리라 예상했다.

-야구 잘해?

"당연하죠."

그저 그대로 묻히기엔 안찬섭이란 선수가 가진 재능은 너무나도 대단했으니까.

"150대 초중반의 패스트볼을 100구 이상 던져도 구속이 줄지 않는 강철 어깨의 소유자입니다. 대단하죠?"

당장 외국인 투수를 제외하면 안찬섭보다 빠른 공을 던지는 투수가 없었다.

심지어 안찬섭은 완투를 할 수 있는 체력과 내구성마저 가지고 있는 투수였다.

-야, 그게 무슨 대단한 거냐? 인마, 난 패스트볼 던졌는데 전광판에 150킬로미터 나오면 코치도 아니고 감독이 올라와서 어깨 아프냐고, 괜찮냐고 질문을 받았어!

물론 어느 투수에게는 가소로운 수준이었지만.

"아니, 그쪽을 기준으로 잡으면 어떻게 합니까? 한국프로야구에서 그 정도면 대단한 거지. 실제로 데뷔하고 6시즌 동안 쌓은 승수가 72승이에요. 매 시즌 10승 이상 거뒀어요. 통산 방어율도 2점대 후반이고요."

-좆밥이네. 내가 메이저리그에서 11시즌 뛰는 동안 거둔 승수가…….

"아니, 그러니까 그쪽을 기준으로 잡지 말고 절 기준으로 놓고 봅시다. 절 기준으로."

-네 기준? 그럼 야구의 신이겠군.

"아니, 신까지는……."

-아니야?

"……젠장, 신이라고 합시다. 빌어먹을 내가 어떻게든 포인트

모아 150짜리 공 던지고 만다. 여하튼 대단한 투수입니다. 현재 한국프로야구에서 뛰는 토종 투수 중에는 세 손가락 안에 꼽혀요."

어쨌거나 안찬섭은 누가 보더라도 신이 내린 재능을 가진 자였고, 고등학교 시절부터 이미 세상의 관심을 받았으며 프로 데뷔 역시 세상의 관심이란 화려한 스포트라이트 아래에서 이루어졌다.

"처음 데뷔했을 때 별명이 제2의 김진호였을 정도이니까요."

안찬섭이 데뷔했을 때, 세상이 그를 제2의 김진호라고 불렀던 것이 그 증거였다.

-제2의 김진호라고?

"예."

-그럼 아주 뛰어난 재능을 가지고 있는 건 물론, 고귀한 인격과 인품, 만인의 모범이 될 법한 도덕심과 역사에 길이 남을 애국심, 그리고 언제나 봉사 정신으로 무장한 멋진 청년이겠군.

물론 제2의 김진호란 별명이 붙은 게 그저 단순히 실력 때문만은 아니었다.

"뭔 개소리예요? 그런 인간이 도박해서 임의탈퇴당하겠습니까? 성격이 개예요. 개. 개새끼라고요."

안찬섭, 그는 자신이 가진 재능만큼 오만했다.

그리고 앞서 말했듯, 그의 재능은 대단했다.

자연스레 그의 오만함도 대단했다.

“데뷔 1년 차에 팀 내 고참 선수가 수비 실책한 걸 가지고 술자리에서 퇴물이라고 한 걸 누군가 녹음했다가 터뜨리는 바람에 팀 케미를 개박살 낸 경력이 있어요.”

그게 제2의 김진호라 불린 이유이기도 했다.

-내가 얼마나 성격이 좋은데?

김진호, 그 역시 그다지 좋은 성격의 소유자는 아니었으니까.

“예예, 그렇다고 합시다. 성격 좋으십니다. 아무렴요. 나중에 누가 물어보면 꼭 그렇게 대답해 드릴게요.”

-어쨌거나 그런 인간이 블루 드래곤즈의 선수가 되었다, 이건가?

그런 안찬섭이 1년의 자숙 기간 끝에 모습을 드러낸 곳은 다름 아니라 사회인 야구 구단인 블루 드래곤즈였다.

-딱 보니까 세탁 들어간 거네.

“그렇죠. 세탁이죠.”

당연한 말이지만 안찬섭이 정말 프로에서 은퇴를 한 후 자신의 야구 인생을 사회인 야구에서 보내기 위해 블루 드래곤즈에 들어갔다고 생각하는 이는 단 한 명도 없었다.

“사회인 야구 구단에서 뛰는 모습 보여주면서, 야구에 대한 뜨거운 열정 좀 보여주고 그러다가 눈물의 인터뷰 좀 하고, 초등학교나 중학교 가서 코치도 좀 해주고, 연탄 좀 날라주고 그러다가 여론 상황 괜찮아지면……."

-야구를 열심히 해서 죄를 갚겠습니다! 헤드라인은 그게 딱 적당하겠군.

말 그대로 세탁, 현역 복귀를 위한 물밑 작업이었다.

-웃기지도 않는 일이지. 야구 열심히 해서 죄를 갚을 거면, 연봉 상승액을 유니세프에 기부하든가. 또 그런 이야기는 안 해요.

"그렇죠."

-여하튼 정리하면, 네가 고양 스타즈 소속으로 첫 등판하는 날 상대가 한국프로야구 토종 투수 중에 세 손가락 안에 꼽히는 선수다?

"예."

어쨌거나 이미 주사위는 던져졌다.

이진용은 자신의 첫 데뷔전의 마운드를 안찬섭과 함께 공유하게 될 것이다.

-내가 이런 경우를 설명해 줬지?

그리고 김진호는 이런 상황에 투수가 놓였을 때 대처해야 하는 방법을 이진용에게 가르쳐 줬다.

"저보다 네임벨류가 훨씬 더 높은 선수와 매치업이 됐을 때의 대처 방법이요?"

-그래, 내가 뭐라고 했지?

"어차피 그 누구도 내가 승리 투수가 되는 걸 기대하지 않는다."

그게 이유였다.

"그러니까 마운드 위에서 똥을 싸도 문제 될 건 없으니, 마음대로, 부담 없이 상황을 즐겨라."

이진용, 그가 이 상황에서 미소를 지을 수 있는 이유.

고양 스타즈의 코칭스태프들, 갑작스럽게 한자리에 모인 그들의 표정은 좋지 못했다.

"안찬섭이라니, 그가 정말 우리를 상대로 공을 던진다는 말입니까?"

김정호 투수코치가 갑작스럽게 가져온 소식 때문이었다.

"그 안찬섭이?"

그런 표정을 지은 동료들을 향해 김정호 투수코치는 보다 확실하게 못을 박았다.

"아마 몇십 분 후면 기사가 올라올 겁니다."

"아! 미치겠군."

타격코치의 입에서 기어코 탄식이 터졌다.

마땅한 일이었다.

안찬섭이 정말 블루 드래곤즈의 선발투수로 고양 스타즈와의 경기에서 등판한다면 그를 상대하는 건 고양 스타즈의 타자들이 될 터.

타격코치에게는 그야말로 재앙과도 같은 일이었다.

"김 코치님, 진짭니까?"

타격코치가 재차 반문했다.

김정호 투수코치는 그런 그를 위해, 그리고 다른 코칭스태프를 위해 상황을 정리해 설명했다.

"아시다시피 안찬섭은 작년에 불법 도박 사건 때문에 1년을 쉬었습니다. 당연히 올해 복귀를 원할 테고, 복귀를 위해 기획을 했을 겁니다. 하지만 여전히 대구 레이번스 소속인 상황인 만큼 정식 시합은 뛸 수 없는 상황. 그런 의미에서 우리 팀과의 친선전은 절호의 찬스일 겁니다. 규정상 문제될 건 하등 없지만, 이슈가 되기에는 어느 때보다 좋은."

설명은 그 정도면 충분했다.

이제 좌중은 정범석 감독에게 시선을 돌렸다.

정범석 감독을 향한 그 시선들에는 우려가 가득했다.

'아무리 1년의 공백기가 있어도 안찬섭은 안찬섭이다. 우리 타자들이 어찌할 수 있는 상대가 아니야.'

'기자들이 무조건 붙을 텐데…… 이번 3월 경기의 전초전을 참담한 패배로 시작하면 사기가 말이 아닐 텐데…….'

이번 블루 드래곤즈와의 경기는 이제부터 시작될 고양 스타즈의 1년 농사의 시작점이었다.

무조건 승리할 필요는 없지만, 앞으로 승리를 갈망할 계기를 만들 필요는 있었다.

그런데 상대가 안찬섭이라면?

물론 이기면 이보다 좋을 건 없다.

하지만 진다면 고양 스타즈의 선수들 대부분이 정신적으로 타격을 입는 건 피할 수 없을 것이다.

'절대 못 잡아. 아무리 쉬었어도 패스트볼이 140대 초반은 나와. 심지어 안찬섭 구위는 리그 최정상급이라고. 용병 투수랑 비교해도 꿇리지 않아.'

'이름값 때문에 타석에 서기도 전에 기가 죽을 거야. 우리 선수들 입장에서는 적이 아니라 스타를 보는 느낌일 테니까.'

그리고 누가 보더라도, 고양 스타즈의 코칭스태프들이 보기에도 안찬섭을 상대로 고양 스타즈의 타자들이 제대로 된 무언가를 보여줄 가능성은 한없이 낮았다.

그게 고양 스타즈의 현실이기도 했다.

'까놓고 말해서 안찬섭을 공략할 수 있을 정도면 이미 프로에 가고도 남았지.'

도전, 열정 같은 미사여구를 치장하더라도 결국 프로의 무대에 오르지 못한, 프로 2군보다 못한 선수들이 모인 곳.

프로에 있는 선수들보다 기량적인 면에서나 정신적인 면에서 부족한 이들이 있는 곳.

반면 안찬섭은 실력 하나로 한국프로야구에서 최고로 군림하며, 심지어 포스팅 자격을 취득하는 순간 메이저리그 진출마저 꾀하고 있는 한국프로야구의 에이스였다.

'이럴 땐 지더라도 피해를 덜 입는 방식이 최선이야.'

'괜히 무리하지 말고, 주전은 빼고……'

'그냥 블루 드래곤즈에 말해서 경기를 미루는 게 정답 아닐까? 솔직히 이건 블루 드래곤즈도 매너가 아니잖아? 갑자기 통보도 없이 이런 식으로 나오는 게 어디 있어?'

때문에 코칭스태프들은 정범석 감독이 적당한 타협책을 내놓기를 소망했다.

좀 더 노골적인 심정을 말하자면 갑자기 닥친 태풍을 피해가기를 기도했다.

"잘됐군."

하지만 안타깝게도 정범석 감독의 생각은 달랐다.

"한국 최고의 투수 중 한 명이 돈도 안 받고 올라오겠다는데 마다할 이유가 없지. 블루 드래곤즈에 계신 이종후 감독님께 감사하다고 전화를 드려야겠군."

그 말에 코칭스태프들이 고개를 푹 숙였다.

그런 그들에게 정범석 감독이 상황을 확실하게 정리했다.

"엔트리는 그대로 간다."

그 말에 코칭스태프들이 한숨을 삼켰다.

그런 그들이 위안을 가질 수 있는 사실은 하나였다.

"타선에 변화는 없다. 선발 역시 이진용, 그대로 간다."

안찬섭이라는 신이 내린 재능을 가진 투수와 마운드를 같이 써야 하는 참담함과 처절함을 경험해야 할 투수가 아직 잘 모르는 투수라는 것.

긴급 회의는 그것으로 끝이었다.

언제나 그렇지만 꿈과 현실은 다르다.

고양 스타즈 역시 마찬가지였다.

프로의 무대를 꿈꾸는 선수들이 모여 있지만, 그런 그들이 처한 현실은 꿈만 꾸는 것을 허락하지 않았다.

다들 야구 외적인 삶이 있었고, 그런 삶이 있는 이들은 야구보다 그 삶을 먼저 챙길 수밖에 없었다.

3월 2일 목요일 오후 1시, 고양 스타즈가 홈구장으로 쓰고 있는 고양 국가대표 야구장이 한적한 이유였다.

'생각했던 분위기가 아닌데? 저번에 다큐멘터리 같은 거 보니까 입에서 단내가 마를 때까지 훈련하던데? 휴가인가?'

-정말 조용하네. 우리 낮잠이나 잘까?

이진용은 그런 한적한 분위기에 외로이 남았다.

사실 본래 예정대로라면 코치를 통해서 선수단과 인사를 나눴어야 했다.

그런데 안찬섭 때문에 코치들이 썰물 빠지듯 빠져나가는 바람에 상황이 이상하게 흘러간 것이다.

이런 상황에서 이진용이 돌아다니면서 인사를 하기에는 좀 그렇고 그런 상황.

-어! 저기 백 점짜리 있다.

그때 이진용과 구면인 이가 등장했다.

배트링을 잔뜩 낀 배트를 들고 그라운드에 등장한 덩치 좋은 선수.

박준형, 그가 등장한 것이다.

이진용은 그런 그를 슬쩍 봤다. 그뿐이었다. 이진용은 박준형을 직시하지 않았다.

-아는 사람 재밖에 없는데 가서 인사라도 해.

"김진호 선수라면 사회인 야구 무대에서 자기를 삼진으로 잡고 굴욕 준 선수한테 인사받고 싶어요?"

이진용과 박준형, 그 둘 사이의 인연은 그렇게까지 밝고, 명랑한 것이 아니었으니까.

-못 할 건 없지. 난 100마일짜리 패스트볼로 엉덩이 맞춘 처

음 보는 타자한테 가서 인사도 했는데 뭘.

"미친."

-솔직히 내가 봐도 미친 짓이긴 했어. 일부러 맞췄는데 가서 인사를 하는 게 아니라 쌍욕을 했었어야 했는데. 그 새끼가 태클로 우리 2루수 다리를 아작 냈었거든. 다시 생각하니 열 받네. 그때 그 새끼 어머님 안부를 물었어야 했는데! 진용아, 나중에 메이저리그 가면 네가 나 대신 그 타자 부모님 안부 좀 물어줘라.

"메이저리그 갈 수만 있다면야 못 할 것도 없죠."

-약속한 거다?

"그야…… 에이 진짜!"

대화를 하던 이진용은 이내 자신이 정말 말도 안 되는 대화를 한다는 것을 깨닫고는 말을 멈췄다.

그 후에 심호흡을 한 번 한 후에 박준형을 향해 성큼성큼 걸음을 내디뎠다.

김진호와 대화를 나누다가 정신이상자 취급을 받을 바에는 염치 불고하고 박준형과 대화를 나누는 게 낫다고 판단한 것이다.

박준형은 다가오는 이진용을 파악하고는 눈썹을 꿈틀거렸다.

"안녕하세요? 그때 만났었죠?"

"예."

박준형은 짤막한 대답만 했다.

그런 박준형의 표정은 썩 좋지 못했다.

좋을 이유도 없었다.

-저 녀석 눈빛이 '아니, 나를 삼진으로 잡은 이 쪼그만 루저 새끼는 뭔데 와서 친한 척이지?' 이런 눈빛인데?

김진호가 말한 대로 박준형 입장에서는 이진용에게 격렬한 반가움을 표할 이유가 없었으니까.

"그때 정말 끝내줬습니다. 3연타석 홈런이라니."

그 어색함을 풀기 위해 이진용이 박준형을 칭찬했다.

-오! 이진용이 과감한데? 동네 아저씨들 상대로 3연타석 홈런을 쳤지만 나한테는 삼구삼진 당했지! 그러니까 너는 내 아래야, 이 좆밥 새끼야! 지금 이렇게 도발한 거 맞지? 캬! 도발 능력 인정한다.

그러나 그다지 효과가 있는 것 같진 않았다.

"예, 그쪽에게 삼진을 당하긴 했지만."

박준형의 반응이 더 차가워졌다.

-이진용 님이 도발에 성공하셨습니다.

반면 김진호의 반응은 격렬했다. 김진호가 주먹 쥔 손을 흔들며 이진용의 주변을 위성처럼 돌기 시작했다.

"하하, 운이 좋았죠. 아, 그보다 이번 블루 드래곤즈와의 경기에 나오십니까?"

이진용이 잽싸게 대화 주제를 바꿨다.

"안찬섭 선수가 블루 드래곤즈 선발투수로 나올 것 같다던데."

"그게 무슨?"

다행히도 이번에는 효과가 있었다.

"안찬섭이면, 그 안찬섭 말입니까? 대구 레이번스의?"

"예."

"준형아!"

그때 때마침 회의를 마치고 회의실에서 타격코치가 박준형을 큰 목소리로 부르기 시작했다.

박준형이 이진용을 한 번 바라본 후에 고개를 가볍게 숙인 후 코치에게 다가갔다.

다시 혼자가 된 이진용이 어색한 미소를 지었다.

그런 그에게 김진호가 다가와 어깨에 손을 올리며 말했다.

-친구가 없다고 너무 외로워하지 마, 진용아. 내가 있잖아. 안 그래? 응? 안아줄까?

"닥쳐요, 좀."

이진용의 고양 스타즈 첫날이 그렇게 지나갔다.

그리고 3월 6일, 블루 드래곤즈와의 시합 날이 다가왔다.

[이진용]

-최대 체력 : 70

-최대 구속 : 123㎞

-보유 구종 : 포심 패스트볼(E), 체인지업(B), 슬라이더(B), 커브(F)

-보유 스킬 : 심기일전(F), 일일특급(F)

[일일특급 효과에 의해 슬라이더 구질 랭크가 B랭크로 상승했습니다.]

고양 국가대표 야구장.

-오늘은 슬라이더가 B랭크군. 그보다 이제 더 이상 훈련을 해도 체력이랑 구속은 안 오르는 모양이다. 훈련으로 1씩 더 오른 후에 더 이상 오를 기미가 안 보이는 걸 보니까.

그곳의 그라운드에서 자신의 상태창을 지그시 확인하던 이진용이 고개를 돌려 그라운드를 바라봤다.

그라운드에는 검은색에 노란 글자가 박힌 고양 스타즈 유니폼을 입은 선수들과 파란색인 블루 드래곤즈의 유니폼을 입은 선수들로 가득했다.

하지만 북적거림은 없었다.

그라운드에 있든, 관중석에 있든, 벤치에 있든, 여하튼 어디에 있든 그들의 관심사는 오직 한 곳을 향했으니까.

마운드, 그곳에 있는 185센티미터의 훤칠한 키를 가진 한 사내만을 향하고 있었다.

-쟤가 안찬섭이냐?

"그럼 설마 마운드 관리하는 마운드 키퍼를 보려고 사람들이 이렇게 몰려들겠어요?"

안찬섭.

한국프로야구를 대표하고, 한국 야구를 대표하는 에이스였던 투수.

그런 그가 다시금 에이스였던 과거의 투수가 아니라, 에이스인 현재의 투수가 되기 위해 내디딘 첫걸음에 쏠리는 관심은 단순한 관심의 수준을 넘어 격렬하기 그지없었다.

당장 기자들 숫자가 달랐다.

프로 2군과의 경기도 아니고, 독립 리그 구단과 사회인 야구 구단의 시합임에도 기자들의 숫자가 열을 훌쩍 넘기고 있었다. 대포 같은 카메라도 잔뜩 있었다.

그 관심 속에서 안찬섭이 피칭을 시작했다.

펑!

물 흐르는 듯한 투구폼 속에서 쏘아진 공이 단숨에 포수 미트에 꽂혔다.

"오오오!"

"빠르네!"

그러자 고요했던 그라운드가 흔들렸다.

그 흔들림을 끝으로 모두가 입을 다문 채 이어지는 안찬섭의 연습 피칭을 주목했다.

퍼엉!

그 고요함 속에서 다시 한번 호쾌한 소리가 퍼졌다.

그 소리 앞에서 입을 여는 이는 없었다.

압도당한 것이었다.

안찬섭, 그의 피칭은 그저 보이는 수치 이상의 무언가를, 아우라를 가지고 있었다.

-140쯤 나오겠네. 적당히 힘 빼고 저 정도. 1년 쉬었다고 했으니, 확실히 어깨는 타고났군.

물론 김진호에게는 통용되지는 않는 일이었다.

-무엇보다 구위가 괜찮군. 저 구위를 유지하면서 150대가 나오면 한국프로야구 수준에서는 어떻게 못 하겠어.

"한국프로야구 수준이 아니죠. 저 정도면 메이저리그에서도 통할 수준 아닌가요?"

이진용이 반문했다.

타당한 반문이었다.

안찬섭은 150킬로미터 초반대의 빠른 공을 100구 내내 던질 어깨를 가지고 있으며 그의 구위는 메이저리그 출신 외국인 투수들조차 혀를 내두를 정도로 위력적인 공이다.

"도박 사건만 아니었다면, 2016시즌을 끝으로 지금 메이저리그에서 던지고 있었을 걸요?"

실제로 한국프로야구에서 1시즌만 더 뛰면 조건부 해외진출 자격, 포스팅 자격을 취득하는 안찬섭을 보기 위해서 메이저리그 스카우트들이 그의 경기를 보러 오기도 했다.

안찬섭의 기량이 메이저리그에서도 충분히 통하리란 사실에 그 누구도 의구심을 가지지 않는 이유였다.

"어떻게든 2017시즌에 복귀하려는 것도 그 때문이죠. 하루라도 빨리 포스팅 자격을 취해야 메이저리그에서 받을 수 있는 돈도 많아질 테니까요. 아, 부럽다. 이번 시즌만 끝나면 메이저리그라니…… 난 미국 관광이라도 한번 해봤으면 여한이 없겠는데."

이진용도 마찬가지였다.

현재 한국프로야구에서 뛰는 투수 중 가장 메이저리그에 가까운 투수는 그가 보기에도 안찬섭 정도밖에 없었다.

-단순히 기량만이라면 메이저리그에서 통하고도 남았지.

오로지 한 명, 김진호의 생각만 달랐다.

"무슨 말이죠?"

-150대 초중반, 마일로 따지면 95마일짜리 패스트볼을 주무기로 삼으며 커브와 슬라이더, 스플리터를 던질 수 있고 100구

이상을 던져도 구속이 줄지 않는 어깨와 매 시즌 170이닝 이상을 소화해 줄 수 있는 체력을 가진 투수라면 몸값이 최소 5천만 달러 이상 나올 거야. 요즘 메이저리그 꼴을 보니까 그 정도 투수면 연간 천만 달러를 줘도 저렴한 수준이잖아? 젠장, 난 20승 해도 천만 달러 받았는데. 빌어먹을! 내가 10년만 늦게 태어났어도!

"그래서 하시고 싶으신 말이 뭡니까?"

-일단 질문 하나 하자. 이진용, 네가 안찬섭을 영입할 의지가 있는 메이저리그 구단 스카우트라고 했을 때, 한국 돈으로는 5백억 원짜리 계약을 해야 할지도 모르는 선수가 1년이란 자숙을 끝내고 처음 피칭을 하는 날, 그 소식을 호텔방 푹신한 소파에 앉아서 뉴스 기사로 볼래 아니면 직접 여기 와서 싸구려 플라스틱 의자에 앉아서 볼래?

"여기 와서 봐야죠."

-그런데 왜 여기에는 메이저리그 관계자로 보이는 인간이 한 명도 없을까?

"그야……."

그제야 이진용도 무언가 이상한 느낌을 받았다.

-기량만으로는 메이저리그에서 통하고도 남아. 그런데도 메이저리그 스카우트들에게 관심을 못 끈다면 이유가 있게 마련이지. 메이저리그 스카우트의 세계에 이유 없는 관심은 있어

도 이유 없는 무관심은 없으니까.

김진호의 말에 이진용은 대답하지 않았다.

대신 5구짜리 연습 피칭을 마치고 기자들의 카메라 셔터 세례 앞에서 허리를 깊게 숙이는 안찬섭을 바라만 봤다.

-과제다. 오늘 안찬섭이 공을 던질 때 미리 그가 무슨 구질의 공을 어떻게 던질지 예상해 봐.

그런 이진용에게 김진호가 과제를 줬다.

거기까지였다.

김진호와 이진용이 먼 곳에서 마운드를 바라보며 이야기를 나눌 수 있는 건.

"이진용! 준비해라!"

"알겠습니다!"

이제부터 그 둘이 이야기를 나눠야 할 곳은 마운드 위였으니까.

-생각보다 세상에는 야구 잘하는 인간이 많아.

김진호는 말했다.

-칼 같은 제구력이나, 끝내주는 변화구 구사 능력, 끝장나는 패스트볼을 던지는 걸 할 줄 아는 투수는 생각보다 많아. 진

짜 네가 생각하는 것보다 훨씬 많아.

공을 던지는 것 자체는 어려울 게 없다고.

-문제는 연습에서는 쉬운데 실전은 어렵다는 거지. 다들 그래. 연습에서는 죄다 그렉 매덕스이고, 페드로 마르티네스이고, 랜디 존슨이고, 김진호이지. 하지만 마운드에서는? 연습 때 보인 것에 절반도 못 보이는 놈들이 대부분이야.

하지만 실전에서 그 대단한 실력을 발휘하는 이는 극소수에 불과하다고.

-왜 그럴까? 가슴이 동네 참새보다 작은 새가슴이라서? 아니면 마운드처럼 높은 곳에 오르면 오금이 저리는 고소공포증이 있어서? 사실 이유는 되게 간단해.

김진호는 그 이유에 대해서도 말해줬다.

-재능. 그냥 그런 재능을 타고나지 못한 거야. 쉽게 말하면 무대 체질이 아닌 거지. 배우랑 비슷한 거야. 누구는 무대 위에서 가진 것의 반도 못 끄집어내지만, 누구는 가진 것의 120퍼센트를 끄집어내잖아?

이진용이 반문한 건 그 무렵이었다.

“그럼 저는 어느 쪽입니까?”

-어느 쪽이라고 생각해?

그 반문에 김진호는 대답해 주지 않았다.

하지만 이진용은 그 사실에 큰 의문을 가지지 않았다.

"후우."

지금 이 순간, 마운드에 오르는 순간.

[선발투수 보너스가 적용됩니다. 포인트 획득량이 15퍼센트 증가합니다.]

[선두 타자 보너스가 적용됩니다. 포인트 획득량이 20퍼센트 증가합니다.]

[첫 타자 보너스가 적용됩니다. 포인트 획득량이 15퍼센트 증가합니다.]

'포인트는 20포인트.'

그리고 타석에 설 준비를 하는 타자들의 머리에 뜬 포인트를 확인하는 순간 이진용은 자신이 어느 타입인지 분명하게 알 수 있었으니까.

"전 무대 체질인가 봅니다."

-그래, 무대 체질인데 문제는 네 배역이 주연배우가 아니라 엑스트라라는 거지.

정갈하게 다듬어진 마운드.

그 위에 올라선 이진용의 주변으로는 언제나 그렇듯 따가운 눈빛만이 가득했다.

당장 그가 상대하게 될 블루 드래곤즈의 선수들의 눈빛은 당연히 따가웠고, 이진용을 처음 보는 기자들의 눈빛 역시 호의 한 점 찾아보기가 힘들었다.

심지어 고양 스타즈의 선수들조차도 이진용을 향해 응원 가득한 호의 어린 시선 대신 의구심 섞인 시선을 보내고 있었다.

그야말로 아군이라고는 눈 씻고 찾아보기 힘든 무대.

그러나 그 사실에 이진용은 조금의 두려움도 느끼지 않고 있었다.

그건 언제나 그랬다.

그는 비루할지언정, 겁쟁이는 아니었다.

안타를 맞고, 홈런을 맞고 볼넷을 내줄지언정 겁에 질려 던져야 할 공을 던지지 못한 적은 없었다.

-자, 그럼 시작하자.

"예."

당연히 지금 이 순간 이진용은 망설임 없이 던질 수 있었다.

-초구는?

"슬라이더죠."

이진용, 그가 자신의 첫 데뷔전을 시작했다.

블루 드래곤즈.

사회인 야구에서 손꼽히는 팀이다.

당연히 그들의 야구 수준은 그저 취미로 야구를 하는 이들과는 비교할 수 없는 수준이었다.

하물며 블루 드래곤즈가 고양 스타즈와 경기를 치러주는 건 단순한 취미 생활 때문이 아니었다.

“자! 오늘도 열심히 하자고!”

“우리 한 몸 팔아서 어린 새싹들 도와주자고!”

“다들 최선을 다해 합시다. 다들 선수 때처럼 하자고요!”

봉사 혹은 기여.

열악한 상황 속에서 야구를 업으로 삼은 채 살아가고자 노력하는 고양 스타즈에게 조금이라도 도움을 주고 싶은 마음.

그런 마음이 아니었다면 블루 드래곤즈의 선수들이 3월 6일이라는 월요일, 황금 같은 휴가를 내면서까지 고양 스타즈의 홈구장을 찾아와 구슬땀을 흘리는 일은 없었을 것이다.

이런 블루 드래곤즈의 중심에는 현재 블루 드래곤즈의 감독인 이종후가 있었다.

광주 돌핀스의 프랜차이즈 스타이며, 무려 16년이 넘는 현역 세월 동안 나름 손꼽히는 기록들을 내며 은퇴를 한 그는 은퇴 이후 블루 드래곤즈란 팀의 감독이자 코치로 움직이며 고양 스타즈는 물론 한국 야구계에 나름 봉사를 위해 궂은일도 마다하지 않았다.

"어차피 쇼인데 뭘 그리 힘들게들 땀을 빼는지 몰라."

기자들과의 인터뷰를 마치고 벤치로 돌아오자마자 푸념을 내뱉는 안찬섭, 그를 블루 드래곤즈의 선발투수로 고양 스타즈와의 경기에 올린 것도 그런 이유 때문이었다.

"안찬섭."

"무슨 일이십니까, 이 선배님?"

"감독이라고 불러라."

"아, 예. 이 감독님. 그래서 무슨 일이에요?"

"몸 풀어둬라."

"에이, 이미 풀 만큼 풀었습니다. 보셨잖아요? 벌써 140대 펑펑 나오는 거. 고작 준프로 애들 상대하는데, 그 정도면 충분해요."

"입 조심해."

"네네, 조심하겠습니다."

안찬섭.

누가 보더라도 인성적으로, 도덕적으로 부족하던 그가 도박 사건으로 임의탈퇴를 당했을 때, 그 누구도 그의 울타리가 되고자 하지 않았다.

심지어 그가 그런 꼴을 당했을 때 오히려 꼴좋다고 생각한 이들이 더 많았다.

막말로 안찬섭이 평소 타의 모범이 되는 올바른 행실을 보여주는 사내였다면, 그는 충분히 동정을 받은 채 2016시즌을 자숙이 아닌 프로야구 무대에서 보낼 수 있었을 것이다.

2016시즌을 끝으로 포스팅 자격을 취득하는 안찬섭의 메이저리그 행은 한국 야구계의 아주 중요한 행사 중 하나였으니까.

그런 상황 속에서 그의 울타리가 되어준 건, 다름 아니라 같은 팀도 아니고 오히려 대구 레이번스와 앙숙이나 다름없는 팀이었던 광주 돌핀스 출신의 이종후 감독이었다.

"안찬섭, 자중해라. 네가 머릿속에 무슨 생각을 하던 알 바 없지만 이제부터 네 일거수일투족이 감시당할 각오를 하고 행동해."

물론 이종후 감독은 안찬섭이 불쌍해서 그의 울타리가 되어준 게 아니었다.

"무엇보다 남은 야구 인생을 한국 야구를 위해 봉사한다는 마음으로 보내라."

현재 한국프로야구 무대에서, 더 나아가 한국 야구에서 안찬섭을 대신할 투수가 없다는 것.

그런 상황에서 한국프로야구의 흥행 그리고 국제 대회에서의 성적을 위해서 안찬섭은 꼭 필요하다는 것.

그것이 이종후 감독이 욕받이가 되는 각오를 하면서까지 안찬섭의 울타리가 되어준 이유였다.

"예에, 예에~"

'속이 바짝 타들어가는군.'

하지만 막상 안찬섭이란 골칫거리를 품에 안은 순간, 이종후는 자신의 수명이 줄어드는 느낌이었다.

'정말 빌어먹을…….'

안찬섭은 언제 터질지 모르는 폭탄 같았다.

'빌어먹을 천재군.'

그러나 더 큰 문제는 안찬섭이 가진 능력이었다.

안찬섭은 정말 엄청난 재능의 소유자였다.

1년이란 자숙 기간 동안 사실상 그냥 놀고먹은 것이나 다름없었음에도 안찬섭의 공은 조금도 위력을 잃지 않고 있었다.

그가 보여준 것이 단순히 노력과 땀의 흔적이 아니라, 그가 그저 타고난 것이라는 증거였다.

'저런 재능을 가졌음에도…….'

달리 말하면 안찬섭이 땀과 노력으로 자신을 연마했다면 그는 예전에 그의 별명인 제2의 김진호란 별명대로 김진호에 나름 조금이나마 근접한 투수가 됐으리란 말.

이종후 감독은 그 사실이 너무나도 아쉬웠다.

남들은 그토록 가지고 싶어 하는 신이 내린 재능을 왜 안찬섭이란 인간에게 신이 내렸을까?

'이런 골칫거리를 다룰 수 있는 건 김진호 같은 선수뿐인데.'

더 나아가 그 아쉬움은 김진호의 죽음에 대한 아쉬움으로 이어졌다.

이종후 감독은 현역으로 활약하는 동안 김진호와 짧지 않은 시간을 함께 할 수 있었다.

김진호의 데뷔부터 죽음까지, 그 기간을 함께했다.

그런 이종후가 기억하는 김진호는 위대한 선수였다.

그저 야구만 잘하는 게 아니었다.

거칠고, 이기적이고, 제멋대로이지만 그는 결코 재능만으로 먹고 사는 선수가 아니었다.

누구보다 야구에 열정적이었고, 누구보다 승리를 갈망하고 스스로를 더 갈고닦았다.

그래서 세상은 김진호에게 열광했다.

야구가 한국에서 가장 사랑 받는 스포츠 중 하나가 될 수 있었던 것 역시 김진호 덕분이었다.

'정말 아쉽군.'

안찬섭의 행실에 속이 타들어가는 와중에도 그가 가진 재능에 미련이 계속 남는 것도 그 때문이었다.

'재능도 재능이지만, 이런 안찬섭을 대신할 투수가 없다는 것이 너무 아쉽구나.'

스타가 없으면 한국 국민들은 생각보다 훨씬 더 빨리 야구를 외면할 테니까.

그리고 한국 국민들이 야구를 외면하는 순간부터 한국프로

야구라는 무대에서 뛰는 무수히 많은 선수들이 고배를 마셔야 할 테니까.

이종후 감독의 고민은 거기까지였다.

솔직히 이종후 감독은 그 이상 다른 무언가를 고민하고 싶은 생각도, 여유도 없었다.

"이 감독."

"응?"

당연히 이종후 감독은 경기에 신경 쓸 여유도 없었다.

"아니, 왜 벌써 들어오십니까?"

그런 이종후 감독이 오늘 경기의 상황을 파악한 건, 3번 타자이자 팀의 중심 타자이자 자신의 선배이기도 했던 전혁수가 벤치로 돌아왔을 무렵이었다.

"벌써 들어오긴 삼자범퇴로 이닝 끝났어. 공수교대야."

"예? 그게 무슨……."

"마운드 위에 있는 투수 녀석의 수에 넘어갔어."

"수 싸움이라니요?"

전혁수.

이종후 감독만큼은 아니지만, 현역 시절 동안 거의 대부분 주전으로 활약했던 프로였다.

이제 반백의 나이, 오십 세가 되었지만, 여전히 운동을 열심히 하는 선수. 체력과 근력은 현역 시절에 비해 부족할지언정,

노련함이란 무기로 무장한 선수.

그런 그가 투수의 수에 넘어갔다?

"슬라이더를 베이스로 던지고, 패스트볼을 결정구로 던지고 있어. 아니, 체인지업인가?"

"그게 무슨……? 슬라이더를 베이스로 던진다고요?"

심지어 전혁수의 입에서 나온 건, 더더욱 상식을 무시하는 말이었다.

"다른 투수들이 패스트볼 던지듯 슬라이더만 던지고 있어. 1이닝 동안 세 타자를 상대로 패스트볼은 단 하나도 없이 슬라이더하고 체인지업만 던졌어."

그제야 이종후 감독은 처음으로 마운드에 시선을 줬다.

이종후, 그가 이진용이란 투수를 처음 보는 순간이었다.

프로의 무대에서 뛰는 투수들이 살아생전 가장 많이 던지는 구종은 패스트볼이다.

끝내주는 고속 슬라이더나 말도 안 되는 낙폭을 보여주는 커브, 마구 소리가 절로 나오는 포크볼을 가진 투수라고 해도 100개를 던지면 개중 50개 이상은 패스트볼이다.

그 이유는 간단하다.

투수가 던질 수 있는 공 중 가장 빠르고, 가장 위력적인 공이 패스트볼이기 때문이다.

가장 빠르고 위력적이라는 건, 달리 말하면 타자의 배트에 맞았을 경우 힘에서 밀려 땅볼이 나오거나, 플라이가 나올 확률이 가장 높다는 의미이다.

그게 바로 투수란 직업이다.

모든 타자를 삼진으로 잡을 순 없고, 단 하나의 안타도 없이 시즌을 마칠 수도 없으며, 단 한 번도 홈런을 맞지 않는 투수는 프로 경력이 짧은 선수밖에 없다.

어쨌거나 본론으로 돌아오면 투수가 던질 수 있는 공 중 가장 위력적인 건 패스트볼이며, 때문에 투수들은 대개 패스트볼을 이용해서 볼카운트를 만든다.

마법 같은 포크볼이나, 헛스윙을 유도하는 슬라이더를 던지는 건 투 스트라이크 상황에서인 경우가 많다.

-이진용, 넌 슬라이더가 패스트볼보다 위력적이다. 정확히 말하면 패스트볼이 너무 구려.

달리 말하면 패스트볼보다 훨씬 위력적인 공이 있다면 그 공을 주력으로 삼는 게 마땅하다.

하지만 패스트볼 구속이 느린 투수는 다른 구질들의 구속도 느린 법.

패스트볼로 130킬로미터를 던지는 투수가 슬라이더로 140

킬로미터를 던지는 일은 없지 않은가?

-그러니까 패스트볼로 볼카운트를 만드는 것보다 슬라이더로 볼카운트를 만드는 게 나아.

하지만 이진용은 달랐다.

이진용이 던질 수 있는 공 중 가장 빠른 공은 당연한 말이지만 패스트볼이다.

그러나 그의 패스트볼은 E랭크. 그저 구속만 나오는 공일 뿐, 구위도 무브먼트도 형편없다.

반면 일일특급 스킬 효과에 의해 B랭크가 된 슬라이더는 전혀 다른 공이었다.

패스트볼에 비해서 구속이 크게 낮지도 않았고, 꺾이는 각도는 칼날처럼 예리했으며 구위도 제법이었다.

-슬라이더를 던져서 투 스트라이크를 잡으면 그때 체인지업으로 땅볼을 유도하는 거지.

여기에 이진용이 가진 또 다른 B랭크의 구질, 체인지업 역시 이미 트라이아웃을 통해 검증받았다.

선출이든 누구든 결국 프로 레벨에 도달하지 못한 준프로, 사회인 야구 레벨에서는 결코 쉽게 공략할 수 없는 위력을 가지고 있다는 사실을.

하물며 횡으로 움직이는 슬라이더만 보다가 갑자기 훅 들어오는 체인지업에 곧바로 적응해서 멋진 타격을 할 타자가 얼마나 될까?

더 나아가 그런 능력을 가진 타자 중에 이진용이 그런 피칭을 하리라 예상하고, 마음의 준비를 마친 채 마운드에 선 타자는 과연 블루 드래곤즈에 몇 명이나 있을까?

그 사실에 대한 답을 확인하는 데에는 오랜 시간이 걸리지 않았다.

[33포인트를 획득했습니다.]

[삼자범퇴에 성공했습니다. 100포인트가 지급됩니다.]

"후우!"

삼자범퇴!

이진용, 그가 세 타자를 상대로 슬라이더와 체인지업을 이용해서 땅볼만을 끄집어냈다.

[1이닝 무실점이 진행 중입니다.]

[현재 누적 포인트는 1,219포인트입니다.]

자신의 첫 데뷔전의 시작을 완벽하게 장식한 것이다.

-오케이, 이걸로 브론즈 룰렛 1회 이용권은 확보. 수고했다.

동시에 큰 소득도 얻었다.

또다시 브론즈 룰렛을 한 번 돌릴 수 있는 소득을.

"지금 블루 드래곤즈 더그아웃에서 날 보는 선수가 한 명도 없어요."

그러나 지금 이 순간 이진용의 눈에 보이는 건 그런 소소한 소득 따위가 아니었다.

-어쭈? 상대 팀 더그아웃을 볼 여유도 있어?

"피칭할 때마다 상대 팀 더그아웃을 무조건 확인하라고 귀에 못이 박히도록 들었으니까요."

그 말과 함께 글러브로 입을 가린 채 마운드를 내려와 벤치를 향하던 이진용이 주변을 바라봤다.

이진용이 삼자범퇴로 이닝을 마무리한 순간.

그러나 지금 이 순간 이진용을 향해 시선을 보내는 이들은 없었다.

"지금 다들 머릿속에 안찬섭만 있어요. 지금 제가 무슨 공을 던졌는지 블루 드래곤스 벤치는 모를 겁니다."

-그렇지.

그 사실에 이진용은 불만을 품지 않았다.

도리어 날카롭게 눈을 번뜩였다.

-그럴 땐 어떻게 하라고 했지?

그 번뜩이는 눈으로 블루 드래곤스의 벤치를 바라봤다.

"감사히 잘 먹으라고 하셨죠."

6화
첫 승

안찬섭.

그를 처음 보는 사람들은 그가 운동선수라는 말에 야구보다는 배구를 떠올리고는 한다.

그 정도로 그는 훤칠한 키와 긴 팔을 가지고 있었다.

때문에 그가 마운드에 오를 때, 그를 다른 누군가로 착각하는 일은 거의 없었다.

"진짜 안찬섭이다."

"진짜 안찬섭이야."

"씨발 안찬섭이네."

무엇보다 그에게는 아우라가 있었다.

자신을 적으로 마주하게 된 이들에게, 처음 보는 상대를 싸우기도 전에 제압하는 아우라가.

그 아우라를 마주했을 때, 고양 스타즈의 선수 중에 그가 안찬섭이란 사실을 부정할 수 있는 자는 없었다.

물론 그라운드가 아닌 밖에 있는 이들 중에는 여전히 의구심을 가지는 이들이 있었다.

"안찬섭이가 1년 만에 마운드에 서는군."

"새끼, 도박 좀 적당히 하지 결국 사고를 쳐서 자기 몸값을 깎는단 말이야."

"아서라, 자숙하는 1년 동안 다른 사고 안 친 것만 해도 대단한 일이니까. 조용히 술만 마시면서 다녔잖아?"

"이야기 들어보니까 1년 동안 서울에 있는 술집을 다 가봤을 정도로 마셨던데?"

"그렇게 술만 처마시고 운동은 제대로 하지 못한 놈이 제대로 공을 던질 수나 있으려나?"

"뭐, 우리야 공을 못 던지면 더 행복하지. 안찬섭, 패스트볼 구속 130대에 그쳐! 이대로 안찬섭 추락하는가? 이 정도 헤드라인이면 클릭 수는 문제없을 테니까."

기자들.

그리고 소식을 듣고 온 프로야구 구단 관계자들 중 일부는 안찬섭의 존재를 믿되, 그의 실력에는 여전히 의구심을 가졌다.

사실 그동안 안찬섭의 행실을 보면 도리어 너무나도 당연하고 마땅한 의구심이었다.

안찬섭은 그런 주변의 시선에 굳이 말로 반박하지 않았다.

"플레이볼!"

주심의 선언과 함께 그의 오른손에서 뿜어진 공이 포수 미트를 파고드는 것보다 완벽한 반박은 없었으니까.

퍼엉!

그렇게 안찬섭이 컴백을 선언했다.

펑!

"스트라이크, 아우우우웃!"

스트라이크존 한복판을 분명하게 가로지르는 패스트볼.

타자 입장에서는 그 공에 스트라이크를 당했다는 사실에 마땅히 분노해야 하는 공.

'맙소사.'

그러나 고양 스타즈의 2번 타자인 정수혁은 이 순간 분노는 커녕 두려움이 엄습했다.

'이런 공을 던진다고? 1회에?'

그 공은 그런 공이었다.

타자의 가슴을 철렁이게 하는 공.

배트를 휘두르는 것마저 용기를 요구하는 공.

"구속은 140대 중반쯤 찍는 것 같은데…… 느낌이 달라."

"공이 남들보다 손바닥 한 뼘 정도 더 일찍 들어오는 것 같아."

"구위도 남달라. 미트에 꽂히는 소리가 다르다고. 타석에 서면 더 실감 난다니까. 괜히 안찬섭 공에 닳고 닳은 베테랑들이 헛스윙이나, 루킹 삼진을 당하는 게 아니야."

그 사실은 당연히 그라운드 밖, 더그아웃에 있는 선수들 역시 분명하게 느낄 수 있었다.

고양 스타즈의 선수들과 블루 드래곤즈의 선수들, 그 선수들이 넋을 잃었다.

"패스트볼 끝내주네요."

이진용도 그중 한 명이었다.

그는 넋을 잃은 채 마운드 위에서 비릿한 미소를 짓고 있는 안찬섭을 바라봤다.

-야, 정신 차려.

물론 김진호는 달랐다.

-나를 무슨 어디 이상한 잡귀 취급하는 네가, 내 슬라이더보다 느린 공을 보고 얼빠진 표정 지으면서 칭찬하면 내가 너무 초라해지잖아? 응? 안 그래?

김진호의 그 말에 이진용은 눈살을 찌푸렸다.

그러나 반박은 하지 않았다.

김진호가 메이저리그에서 한참 강속구로 유명하던 시절, 93마일짜리 슬라이더를 연거푸 던진 건, 유튜브에서 영어 알파벳 철자 몇 개만 넣어도 금방 찾을 수 있을 정도로 유명했으니까.

93마일이면 사실상 150킬로미터 수준이다.

지금 마운드에서 안찬섭이 던지는 패스트볼보다 자신의 슬라이더가 더 빠르다는 김진호의 말은 명백한 사실이었다.

-자, 그래서 왜 저 녀석이 패스트볼을 던질 것이라고 생각했지?

그때 김진호가 이진용에게 질문을 했다.

이진용은 대답 대신 자신의 손에 쥐고 있던 수첩을 봤다.

그 수첩에는 이제까지 안찬섭이 1번 타자와 2번 타자를 상대로 던진 8개 공의 코스와 구질이 적혀 있었다.

정확히는 이진용이 예상했던 것이 적혀 있었다. 때문에 실제와 다른 것도 있었다.

안찬섭이 던진 3구는 슬라이더였지만, 이진용은 그것을 커브라고 적었다거나.

그것을 제외하면 전부 맞았다.

그리고 맞은 건 전부 패스트볼이었다.

하지만 대단한 건 아니었다.

야구에 대해 좀 아는 이라면 대부분 이진용과 똑같은 답을 내놓았을 테니까.

"저런 패스트볼을 놔두고 다른 걸 던질 이유가 없잖아요?"

말 그대로였다.

여전히 추운 겨울, 1년 만에 복귀전을 치르는 투수가 마운드에서 1회부터 140대 중반의 패스트볼을 던지고 있다.

하물며 그런 투수가 상대하는 선수들은 프로를 꿈꾸는 준프로, 고양 스타즈의 타자들.

메이저리그를 기준으로 따지면 대학교도 입학하지 못한 어느 하이스쿨 학생들 앞에 갑자기 랜디 존슨이 공을 던지는 느낌일 것이다.

-잘 아네. 그럼 여기서 질문. 오늘 3번 타자로 나온 100포인트는 과연 안찬섭을 상대로 칠 수 있을까?

그런 안찬섭의 공을 공략할 수 있는 건 고양 스타즈에서 박준형이 유일할 것이다.

하지만 김진호의 질문에 이진용은 고민 없이 대답했다.

"못 치죠."

-친다.

"예?"

이진용이 고개를 갸웃했다.

박준형이 대단한 타자인 건 맞지만, 결국은 프로에 지명받지 못한 수준 아닌가?

반면 안찬섭은 한국프로야구를 제패한 사내다.

그런데 여기서 박준형이 안타를 친다?

칠 수야 있다.

그러나 지금 김진호처럼 이렇게 자신 있게 칠 수 있다고 말하기는 힘들 것이다.

좀 더 확실한 예를 들자면, 안찬섭과 박준형을 놓고 둘 중 한 명에게 은행에 있는 예금 전부를 베팅하라고 하면 백 명 중 구십구 명은 안찬섭에게 베팅할 것이다.

그리고 개중 한 명은 실수한 거라고, 잘못 베팅했다고, 취소해 달라고 애원을 할 것이다.

대개는 그렇다.

그러나 김진호, 그는 단 한 번도 '대부분', '대개' 그런 단어에 포함된 적이 없었던 사내.

-안찬섭은 1번 타자와 2번 타자를 상대로 총 8개의 공을 던지는 동안 패스트볼을 6개 던졌어. 박준형은 그걸 대기 타석에서 다 봤고. 심지어 안찬섭의 지금 구속이나 구위는 네가 스마트폰으로 보여준 전성기 시절보다 후지지.

"그거야……."

-여기서 포인트는 박준형은 너한테 안찬섭 이야기를 듣는 순간 2016시즌 이전의 안찬섭의 투구 영상을 가져다가 분석하고 공략했을 거란 사실. 그런 그에게 지금 안찬섭의 패스트볼은 모의고사보다 쉬운 수능 같은 느낌일 거야. 심지어 그 쉬운

문제를 앞서서 여섯 개나 봤지. 안찬섭이 포수 사인이나 벤치 사인을 무시하고 자기 꼴리는 대로 패스트볼만 좆나게 던진 덕분에 말이야.

김진호는 말과 함께 피식 웃었다.

-안찬섭은 초구로 몸쪽에 붙는 패스트볼을 던질 거야. 박준형은 그걸 그냥 볼 테고. 2구째에서는 존에 쑤셔 넣는 패스트볼이 나올 테고 박준형은 그걸 건드리긴 할 거야. 안타는 힘들겠지. 잘못 건드리면 땅볼이나 플라이볼이 나오겠고. 하지만 만약 그냥 파울이 된다면 3구째에 안찬섭은 커브를 던질 거야.

"커브요?"

-그래야 1회 마지막 아웃카운트를 헛스윙 삼구삼진으로 잡을 수 있을 테니까.

김진호의 말에 이진용이 고개를 갸웃했다.

그런 이진용에게 김진호가 설명을 해줬다.

-내가 말했지? 150대 초반의 묵직한 패스트볼을 가진 투수가 메이저리그에 못 간다면 못가는 이유가 있다고. 안찬섭은 오만하고, 자만하고, 멍청해. 그런 주제에 자신이 왕이라고 생각하고 있어. 난 왕, 타석에 선 너희들은 노예.

"자신감 아닙니까? 저 정도 공을 가지고 있으면 그 정도는……."

-한국프로야구에서는 저 정도 공이면 왕 노릇 해도 돼. 하지

만 메이저리그에서는 다르지. 심지어 어린놈이 벌써부터 도박 때문에 1년 자숙하고, 자기 관리가 안 되는데 메이저리그가 미쳤다고 자기가 왕인 줄 아는 동양인 투수에게 거액을 베팅할 리가 없지. 그게 메이저리그 관계자들이 굳이 안 오는 이유야. 안찬섭에 대한 건 시즌 시작 후에 겸사겸사 야구장 가서 보는 거면 충분하거든.

김진호는 거기서 말을 멈췄다.

박준형이 타석에 섰고, 승부가 시작됐으니까.

이진용 역시 김진호로부터 시선을 뗀 후 마운드를 바라봤다.

그로부터 몇 분 후 빠악! 선명한 소리와 함께 박준형이 1루로 질주했다.

"맙소사."

-왔노라, 보았노라, 맞췄노라! 경배하라! 내가 바로 메이저리그의 지배자 김진호다!

박준형, 그가 1구 패스트볼을 그냥 보고, 2구 패스트볼을 커트한 후에 3구 커브를 제대로 올려쳐서 중견수 앞 안타를 만들어낸 순간이었다.

"에이, 씨발!"

4번 타자를 삼진으로 잡으며, 1이닝 3탈삼진을 기록하며 더그아웃으로 들어온 안찬섭은 들어오자마자 손에 들고 있던 글러브를 그대로 벤치를 향해 던졌다.

철퍼덕!

값비싼 오더 메이드 글러브가 벤치를 맞고 튕겨 나오며 바닥에 엎어졌다.

그 모습이 걸레짝처럼 처량하기 그지없었다.

"씨발, 진짜! 좆같네 진짜!"

그 상황에서 안찬섭은 거듭 욕지거리를 내뱉었다.

결코, 보기 좋은 행동은 아니었다.

그리고 굉장히 무례한 행동이기도 했다.

안찬섭, 그는 여전히 젊은 나이다.

고등학교 졸업과 함께 프로의 세계에 데뷔한 그는, 2017시즌이 프로 8년 차인 그는 이제 20대 중반을 벗어났으니까.

그러나 지금 그가 있는 블루 드래곤즈는 은퇴한 현역들과 선수 출신들이 소속된, 평균 나이가 30대 중후반 이상인 팀이었다.

안찬섭이 아들뻘인 선수마저 있었다.

심지어 그는 2017년 잠깐 몸을 담기 위해 블루 드래곤즈에 입단한 신입 아닌가?

그런 그가 욕지거리를 내뱉으며 벤치 분위기를 더럽게 만든다?

누군가 다가와 그의 뒤통수를 후려치고, 정강이를 찬 후에 어디서 지랄이야! 대가리 박아! 라는 소리를 들어 마땅한 짓.

그러나 그 누구도 그러지 않았다.

"안찬섭!"

이종후 감독, 그만이 그저 그의 이름을 거칠게 부를 수 있을 뿐.

그리고 그게 전부였다.

"아, 죄송, 죄송. 이상한 새끼한테 안타 맞아서 기분이 더러워서 그랬습니다. 죄송합니다."

안찬섭은 불성실한 사과를 끝으로 그대로 자신의 얼굴에 수건을 덮었다.

이종후 감독이 이를 꽉 물었다.

그리고 안찬섭도 이를 꽉 물었다.

'씨발, 듣보잡 새끼한테 안타를 맞다니. 젠장, 이러려고 기자 새끼들을 데려온 게 아닌데…… 기자 새끼들 중 몇 명은 벌써 기사 하나 올렸겠지. 아, 씨발. 진짜!'

안찬섭은 지금 이 모든 것이 마음에 들지 않았다.

대한민국 최고인 자신이 이런 식으로 밑바닥에서 헤엄을 쳐야 한다는 사실부터 시작해서 모든 것이!

그런 상황에서 오늘 그야말로 압살을 해야 하는 무대에서

1회부터 안타를 맞았다는 사실은 안찬섭을 미치게 했다.

안찬섭은 그 사실만으로도 이미 머리가 복잡했다.

'진짜 빌어먹을.'

때문에 안찬섭은 몰랐다.

"안찬섭."

"이 선배…… 아니, 감독님. 알았다니까요. 머리 좀 식히고 있을 뿐입니다. 그것도 안 됩니까?"

"2회 초가 끝났다. 올라갈 준비를 해라."

"예?"

자신이 머리를 식히는 동안 어느새 2회 초가 끝났다는 사실을.

놀란 안찬섭이 얼굴 위에서 수건을 치운 후에 그라운드를 바라봤다.

'무슨 2회 초가 이렇게 빨리 끝나?'

대기 타석에 있던 7번 타자가 뚱한 표정으로 더그아웃으로 들어오는 게 보였다.

안찬섭이 그 광경에 저도 모르게 말했다.

"아니, 씨발. 이건 또 뭐야?"

사실 투수와 투수는 서로 대결을 하지 않는다.

투수들이 서로를 마주 보는 경우는 없으니까.

메이저리그의 내셔널리그처럼 투수가 타자가 되어 타석에 선다고 해도, 그것을 투수 대 투수의 대결이라고 보고 그 결과에 아주 대단한 의미를 부여하는 경우는 없다.

그럼에도 불구하고 아주 뛰어난 투수가 나오면, 그 투수를 상대하는 상대 팀 투수는 주눅이 든다.

그런 거다.

그냥 도로에서 차를 타고 가는데, 내 옆에 끝내주는 페라리가 서 있는 기분.

그리고 2차선 도로를 그 페라리와 나란히 가야 하는 상황.

심지어 그 도로 옆으로 무수히 많은 관객이 눈빛을 반짝이고, 환호성을 내지르고 있다면?

-1회에는 슬라이더로 재미를 봤다. 하지만 너도 알다시피 네 슬라이더는 나쁘지 않지만 공략하지 못할 이유도 없어.

"그렇죠."

하지만 이진용은 달랐다.

그는 자신의 상대가 안찬섭이라는 사실에 그다지 큰 부담감을 느끼지 않았다.

그의 옆에 있는 김진호, 그의 이름값 앞에선 그 무엇도 초라한 것이 되었으니까.

-자, 그럼 이제 판은 어떻게 됐다?

"1회 초가 서로 얼굴도 모른 채 싸우는 개판이었다면, 이제부터는 룰과 규칙이 있는 바둑이 되는 거죠."

-그럼 이제 바둑이 된 블루 드래곤즈 타자들의 목적은?

"저를 상대로 10점, 20점을 내는 건 아니죠. 그들 마운드에는 안찬섭이란 대한민국 최고의 투수가 있으니, 승리를 위해서 필요한 점수는 1점이면 충분할 테니까. 누구든 좋으니 큰 것 한 방을 치고자 하겠죠."

때문에 2회 초를 위해 마운드에 오르는 이진용은 자신의 야구만을 생각할 수 있었다.

-그럼 지금 4번 타자의 머릿속은?

"난 4번 타자다. 마운드에 있는 투수는 패스트볼 구속이 120에 불과한 애송이다. 그러니까 난 저 애송이를 상대로 홈런을 치고 오늘 회식에서 간이 불타오를 때까지 달리겠다. 뭐 이 정도?"

-그런 타자에게 뭐가 좋을까?

"초구 체인지업, 몸쪽으로 제구만 잘되면 아주 전력으로 배트를 휘두르겠죠."

-확실해?

"예."

-몸쪽으로 제구가 완벽하게 된 체인지업에 타자 배트가 나

와서 땅볼로 물러날 거라는 사실, 확실해?

"예."

-내가 확실할 땐 어쩌라고 했지?

"확실할 땐 승부를 걸라, 그러셨죠."

그렇기에 이진용은 망설이지 않았다.

'심기일전으로 얻을 수 있는 최고의 소득은 아웃 한 개다. 그럼 아웃을 확실하게 잡을 수 있다는 확신이 있을 때 쓰는 게 마땅하지.'

"심기일전."

이진용의 눈에 노란빛이 보이기 시작했다.

그 모습에 김진호 역시 눈빛을 빛냈다.

그게 비결이었다.

[35포인트를 획득하셨습니다.]

[1구 아웃에 성공하셨습니다. 보너스 포인트가 지급됩니다.]

4번 타자를 1구만으로 잡아내고.

[36포인트를 획득하셨습니다.]

5번 타자를 2구만으로 잡아낸 후.

[22포인트를 획득하셨습니다.]

6번 타자마저 2구만으로 잡아내며 자신에게 주어진 하나의 이닝을 5구만으로 마무리할 수 있었던 비결.

[삼자범퇴로 이닝을 마무리하셨습니다. 100포인트가 지급됩니다.]

[5구 내에 1이닝을 마무리하셨습니다. 200포인트가 지급됩니다.]

[2이닝 무실점으로 피칭 중입니다.]

[심기일전(F)의 스킬 랭크가 E랭크로 상승했습니다.]

[현재 누적 포인트는 1,712포인트입니다.]

베이스볼 매니저가 쉴 새 없이 보상을 주절거릴 수 있게 만들 수 있었던 비결.

-이야, 오늘도 쏠쏠하네. 잘하면 오늘 2천 포인트 달성하고 브론즈 룰렛 2회 정도 돌릴 수 있겠는데?

물론 이진용은 여기서 만족할 생각이 없었다.

"베이스볼은 최초로 기록을 달성하면 보상으로 룰렛 이용권을 주잖아요?"

-응? 이제까지는 그랬지.

"그럼 최초의 승리를 거두면 뭘 줄까요?"

그 말에 김진호가 옅은 미소를 지으며 말했다.

-요것 봐라?

이진용도 옅은 미소를 지었다.

그렇게 무대 위, 배우들의 배역이 바뀌기 시작했다.

찰칵찰칵!

2회 말, 안찬섭이 마운드에 올라왔을 때 기자들의 카메라가 셔터 소리를 내뱉기 시작했다.

카메라 셔터를 누르는 기자들의 모습은 분주했고, 그들이 만들어낸 분주함은 주변을 어수선하게 했다.

그러나 그 무리에서 카메라 셔터는커녕 무심한 눈으로 스마트폰의 시간을 바라보는 사내가 있었다.

'볼 건 다 봤다.'

엔젤스의 스카우트 변형채.

그가 오늘 고양 스타즈의 홈구장을 방문했을 때 그 사실에 의구심을 가진 자는 없었다.

안찬섭이 올라오는 경기 아닌가?

비단 그만이 아니라, 한국프로야구에 속한 구단 스카우트나 구단 관계자들이 고양 스타즈와 블루 드래곤즈의 경기를 관람하고 있었다.

그러나 변형채는 안찬섭 때문에 이곳에 온 게 아니었다.

그는 안찬섭에게 관심이 없었으니까.

'그보다 안찬섭은 나아진 게 없군. 여전히 우물 안 개구리 대장 노릇만 하겠어.'

그는 알고 있었다.

안찬섭이 가진 재능에 비해 너무나도 오만하고, 불성실하며, 멍청하다는 것을.

'포스팅 입찰액을 포함해서 총액 1~2천만 달러짜리 베팅이야 얼마든지 하겠지만 안찬섭이 그걸 감수하고 메이저리그에 도전할 리는 없지. 마이너리그 거부권도 주지 않을 게 뻔한데.'

그저 재능만으로 이제까지 자기 위치를 고수한 선수가 통할 만큼 메이저리그가 녹록한 무대가 아니라는 것을.

그렇다면 변형채가 이곳에 온 이유는 무엇일까?

'그보다 박준형, 생각보다 훨씬 뛰어나군.'

그 이유는 다름 아닌 박준형이었다.

'거기서 커브가 올 걸 예상하고, 심지어 그 커브를 노리고 칠 줄이야.'

박준형이 보여준 안타는 단순한 안타가 아니었다.

안타를 친 타격 능력도 능력이지만, 박준형은 안찬섭의 볼 배합을 완벽하게 노리고 공략했다.

박준형이 안찬섭을 상대로 철저한 준비를 하고 연습을 했다는 증거였다.

'저런 원석이야말로 메이저리그에 도전할 가치가 있지.'

변형채는 그런 선수가 좋았다.

재능이 있음에도 게으르지 않고, 노력함에도 만족하지 않는 선수.

그런 원석을 발굴해서 진짜 가치를 드러내는 것이 변형채가 자신의 직업 속에서 가질 수 있는 몇 안 되는 기쁨이었다.

'어떻게든 잡는다. 우리 여왕님도 데리고 가고 싶어 하니, 세부 조율만 하면 되겠군. 1군 주전 두 달 보장, 시즌이 끝나고 연봉 400퍼센트 인상이면 충분하겠지.'

달리 말하면 그런 박준형의 가치도 확인한 이상, 그가 더 이상 여기 있을 이유는 없었다.

더욱이 그는 바쁜 사내였다.

이제 조만간 시범 경기가 시작할 예정이며, 시범 경기를 끝으로 4월 시즌이 개막한다.

그렇게 시작된 엔젤스의 2017시즌은 어느 때보다 중요했다.

'이번 우승에 여왕님이 현성그룹에서 어느 자리에 앉느냐, 그게 결정되겠군.'

구은서가 엔젤스의 운영팀장이 된 건, 어떻게든 조부이자 현성그룹의 회장에게 자신의 능력을 보여주기 위함이니까.

구은서가 엔젤스의 우승을 위해 직접 발품을 팔아 움직이는 이유였으며, 변형채가 그녀의 제안을 받아들이고 메이저리그 구단이 아닌 한국프로야구 구단의 직원이 된 이유였다.

그녀가 현성그룹의 핵심 중추가 되는 데 기여한다는 건 개국공신과 같은 의미.

차후 변형채가 받게 될 메리트는 그저 돈 몇 푼 수준과는 비교할 수 없을 것이다.

어쨌거나 그 중요한 우승을 위해서는 이제부터 일찌감치 상대 팀 분석에 나서야 했다.

하루 종일 아이패드를 끼고 살며, 상대 팀 선수들 동영상을 눈알이 빠지게 봐야 하는 일을 해야 한다는 의미다.

그럼에도 불구하고 그가 스마트폰으로 시간을 확인한 건 갑작스럽게 생긴 관심 때문이었다.

'이진용.'

이진용이란 선수에 대한 관심.

'정범석 감독이 특별한 이유가 없는 이상 저 선수를 뽑을 이유가 없는데 뽑았어.'

그가 보여준 야구가 변형채의 감을, 메이저리그가 인정한 감을 자극했다.

'일단 그 슬라이더는 끝내줬다. 그렇게 슬라이더다운 슬라이더는 정말 간만에 봤어.'

체인지업으로 9타자 연속 범타라는 말도 안 되는 결과물을 만들었던 투수가, 한 달이 지나기도 전에 이제는 슬라이더를 주력으로 쓰며 체인지업을 결정구로 쓰는 기상천외한 야구를 했다.

'무엇보다 야구를 그냥 하는 게 아니야. 그렉 매덕스처럼 야구를 하고 있어.'

특히 2회 초 피칭은 두뇌 피칭의 절정이었다.

4번 타자를 상대로 몸쪽에 정확히 붙는 체인지업으로 1구 땅볼을 이끌어내는 건, 타자의 심리를 정확하게 파악하지 않는 이상 결코 던질 수 없는 공이었다.

'물론 상대가 사회인 야구팀이라는 걸 고려해야 하지만…… 만약 이진용에게 신이 안찬섭에게 준 재능이 있었다면 메이저리그는 1억 달러를 줘서라도 데려갔을 거다.'

그렇기에 이진용의 야구는 분명 볼 가치가 있었다.

그게 이유였다.

'3회까지는 보고 가도 늦을 건 없겠군.'

시간을 확인한 변형채가 자리에서 일어나지 않는 이유.

"스트라이크, 아우우웃!"

유난히 큰 주심의 아웃 콜을 끝으로 2회 말이 끝이 났다.

2이닝 5탈삼진, 보고도 믿기 힘든 결과를 만들어낸 안찬섭이 마운드를 내려갔다.

그 사실에 많은 이들이 놀랐다.

그뿐이었다.

3회 초가 시작되고, 이진용이 마운드에 차분한 발걸음으로 오르는 것에 큰 관심을 가지는 이는 없었다.

"이진용이라고 했나? 오늘 운이 좋네."

"블루 드래곤즈 타자들이 알아서 자멸해 주고 있지 뭐. 애매한 공을 건드려 주고 있잖아?"

분명 이상한 일이긴 했다.

패스트볼 구속이 기껏해야 120대에 불과한 투수를 상대로 타자들이 6타자 연속 범타로 물러난다는 것은.

"슬라이더만 던지니까, 타이밍을 아직 못 잡았을 뿐이지."

"고작해야 사회인 야구라고. 120대 공이면 충분히 빠른 공이고. 초반에 말리는 것도 이상할 건 없지."

"조만간 칠 수 있을 거야. 타이밍만 찾으면 돼."

하지만 아주아주 이상한 일은 아니었다.

이곳은 프로의 무대가 아니었으니까.

고작해야 120대의 패스트볼을 던질 줄 아는 투수의 슬라이더에 타자들이 땅볼을 치고, 플라이로 물러나는 일은 얼마든지 일어날 수 있는 무대였으니까.

"안찬섭에게만 집중하면 된다고."

혹여 그게 이상한 일이라고 해도 지금 당장 그 이상한 일에 관심을 가질 여유나, 그럴 생각이 있는 이는 없었다.

그것은 블루 드래곤즈 역시 마찬가지였다.

"별 볼 일 없는 공인데, 그 공에 자꾸 말리네."

"너무 느려서 그래. 일단 타이밍만 맞으면, 그때부터는 계속 점수가 나올 거야."

블루 드래곤즈의 타자들은 이진용을 공략하기 위해 머리를 맞대는 짓 따위는 하지 않았다.

방심이라면 방심.

그러나 대부분이 선수 출신인, 심지어 프로 출신도 있으면서 사회인 야구에서 최고 수준으로 활약하는 선수들이 드래프트에 지명조차 된 적 없는 구속 느린 애송이를 무너뜨리기 위해 고뇌를 한다면 그것이 오히려 더 이상한 일일 터.

"그보다 안찬섭, 이 새끼 때문에 벤치 분위기가 말이 아니란 말이야."

"쉿! 괜히 저 새끼 귀에 들어가면 지랄할라."

"쉿은 뭐가 쉿이야? 내가 프로에서 은퇴할 때 입단한 놈의 눈치를 내가 왜 봐야 해? 빌어먹을!"

심지어 블루 드래곤즈 타자들이 신경 써야 하는 투수는 따로 있었다.

안찬섭.

블루 드래곤즈 타자들 역시 그를 신경 쓰는 것만으로 머릿속은 이미 여유가 없었다.

-블루 드래곤즈 타자들이 마운드 위의 투수보다 벤치에 있는 자기네 투수를 더 자주 보는군.

그 사실을 마운드 위에 올라선 두 명의 투수는 결코 놓치지 않았다.

"안찬섭이 지랄 좀 했나 보죠."

-쯧쯧쯧, 사람이 기본적인 예의가 있어야지. 아무리 야구를 잘해도 인간이 되지 않으면 쓰레기인 법이야.

"김진호 선수가 할 말은 아니지 않나요?"

-내가 뭐?

"실력 믿고 메이저리그 1년 차부터 더그아웃에서 왕처럼 군림했다면서요? 아니에요?"

-아니긴, 난 메이저리그 벤치에 앉는 순간부터 우리 팀 타자가 타석에서 병신 짓을 하거나, 그라운드에서 지랄을 하면 내가 그보다 더 심한 지랄 염병을 했지. 오죽하면 카디널스에서 뛸 때 내 별명이 퍽맨이었을까? 사실 이것도 좀 웃긴 게, 난 정

말 진심으로 그들에게 부족한 게 뭔지, 문제점이 뭔지 말해주고 싶었거든? 하지만 알다시피 내가 영어가 그때는 짧았잖아? 그러니까 어떻게 해야겠어? 퍽만 외쳤지.

"그런 양반이 안찬섭을 보고 뭐라 할 수 있습니까?"

-난 사람이 되고 싶은 생각이 없었거든. 사람을 잡아먹는 괴물이 되고 싶었지.

"퍽이나."

-퍽? 지금 너 욕했냐?

"그보다 안찬섭이 지랄을 했다면 지금 블루 드래곤즈 타자들은 어떻게든 그 지랄을 멈추게 하고 싶을 겁니다."

그리고 그저 보는 것에서 그치지 않고, 그들이 본 것을 기반으로 블루 드래곤즈 타자들의 상태를 파악했고, 그들의 심리도 파악했다.

-아무렴.

"일단 1점이라도 내려고 하겠죠."

-어떻게 내려고 할까?

"선두 타자가 끈질긴 승부 끝에 볼넷으로 출루한 후에 도루 시도 또는 희생 번트로 어쨌거나 주자를 3루까지 보낸 후에 희생 플라이로 1점을 내는 짓은 안 하겠죠."

이야기는 그것으로 끝이었다.

-그러면?

“빨라야 120짜리 공을 던지는 투수를 상대로 큼지막한 거 하나 뽑고 싶겠죠.”

이진용과 김진호, 그 둘에게 심리를 파악당했다는 건 사실상 아웃카운트를 헌납했다는 것과 마찬가지였으니까.

그렇게 3회 초가 시작됐다.

그리고 얼마 지나지 않아 3회 초가 끝났다.

[35포인트를 획득하셨습니다.]

[9타자 연속 삼자범퇴에 성공하셨습니다.]

[3이닝 무실점 피칭 중입니다.]

[현재 누적 포인트는 2,453포인트입니다.]

이진용, 그가 엑스트라이기를 거부하기 시작했다.

“호우!”

4회 초, 마운드 위에 있는 170센티미터의 왜소한 체격의 사내의 입에서 이상한 소리가 나오는 순간, 고양 국가대표 야구장에 있는 모든 이들은 두 눈을 가늘게 뜬 채 생각했다.

‘이게 무슨 일이지?’

이진용, 4회 초에도 마운드에 올라와 블루 드래곤스의 1번 타자를 시작으로 다시금 빠르게 그리고 깔끔하게 삼자범퇴로 이닝을 마무리한 그를 더 이상 무관심으로 바라보는 이는 없었다.

'4이닝 무실점이라니?'

'타선이 한 바퀴 돌았잖아?'

처음 보는 보잘것없는 투수가 3이닝까지 호투하는 일은 생각보다 많다.

타자 입장에서는 처음 보는 투수를 상대로 고작 한 타석 만에 안타를 만들어내기란 쉽지 않은 일이니까.

반대로 모든 타자가 그 투수를 한 번씩 상대하고 난 다음, 최소 3이닝이란 이닝이 지나간 후에 호투하던 투수가 갑자기 타자들에게 난타를 당하는 일 역시 생각보다 많다.

앞서 말한 것과 반대로 이제는 투수의 공에 익숙해진 타자들이 제대로 된 공략에 들어가는 것이다.

그래서 나오는 말이 마의 4회다.

당연한 말이지만 경기를 보는 이들은 이진용이란 보잘것없는 투수가 4회를 넘기지 못하리라 생각했다.

4회에 블루 드래곤즈의 타자들에게 난타를 당하다가 결국 투수코치가 마운드 위로 올라오고, 이후 투수코치와 함께 이진용이 마운드를 내려가리라 생각했다.

"대체 왜 다들 땅볼만 치는 거야?"

"저런 느린 공을 대체 왜 제대로 치지 못하는 거야?"

그러나 이진용은 그런 모두의 예상을 송두리째 무너뜨렸다.

심지어 이진용은 열두 명의 타자들을 단 하나의 삼진 없이, 땅볼로만 잡았다.

운도 한두 번이지, 지금 이진용에게 무려 12번이나 되는 운이 따라준 것이다.

지금 경기를 보는 이들이 의구심을 품은 이유였다.

오직 두 명, 두 명만이 의구심이 아닌 답을 내렸다.

'배팅은 타이밍이고.'

한 명은 고양 스타즈의 감독, 정명석.

'피칭은 그 타이밍을 뺏는 것이다.'

다른 한 명은 서울 엔젤스의 스카우트 변형채.

그 둘은 이진용이 4회 초 피칭을 마치는 순간 메이저리그의 위대한 투수 중 한 명인 워렌 스판이 남긴 명언을 떠올렸다.

이진용의 피칭은 그런 피칭이었다.

슬라이더를 이용해 볼카운트를 만들었고, 투 스트라이크 상황에서 패스트볼을 원하는 타자에게는 체인지업을, 체인지업을 원하는 타자에게는 패스트볼을 던졌다.

말은 쉽다.

'타자의 심리를 이토록 제대로 파악할 수 있는 투수가 있다니?'

'타자의 심리를 읽는다는 건, 포커판에서 상대방의 패를 보는 것과 마찬가지이지.'

하지만 대부분의 투수가 이것을 하지 못해서 안타를 맞고, 홈런을 맞고, 마운드를 내려온다.

심리를 읽을 줄 아는 투수들도 마찬가지다.

심리를 읽는다고 해서 끝이 아니기 때문이다.

상대가 무엇을 노리는지 알아도, 그 사실에 대한 확신을 가지고 공을 던지기란 쉽지 않다.

하물며 가장 빠른 공을 던져봐야 120킬로미터에 불과한 투수가 심리를 읽었다고 해도 그 상황에서 그런 공을 기꺼이 스트라이크존 안으로 집어넣는다?

터지기 직전의 폭탄에 손을 넣는 것과 다를 바 없는 일.

그러나 이진용은 그 짓을 무려 열두 번이나 해냈고, 그 열두 번 모두 성공했다.

때문에 이제는 모두가 이진용에게 관심을 가질 수밖에 없었다.

물론 관심이 아닌 불만을 가지는 이도 있었다.

"진짜 씨발, 해도 해도 너무하네. 저런 병신 같은 투수를 상대로 1점도 아니고, 1명도 출루하지 못하다니, 이게 무슨 말도 안 되는 병신 짓이야? 웃음도 안 나오네."

안찬섭.

그가 어처구니가 없는 표정을 지은 채 모두가 들을 수 있는 혼잣말을 지껄이며 글러브를 챙겼다.

그 말에 블루 드래곤즈 타자들이 이를 꽉 물었다.

그뿐이었다.

'뭐라고 대응을 못 하겠네.'

'아, 미치겠다.'

안찬섭에게 어떻게든 큰소리를 치고 싶었지만, 지금 돌아가는 상황은 그것을 허락하지 않았으니까.

실제로 안찬섭은 3회 말까지, 3이닝 동안 안타 하나를 맞았을 뿐 나머지 타자들 중 8명을 삼진으로 잡은 상황이었다.

3이닝 1피안타 8탈삼진!

말도 안 되는 피칭으로 고양 스타즈의 타자들을 압도하고 있는 중이었다.

그런 상황에서 타자들이 다른 것도 아니고, 정말 별 볼 일 없는 투수를 상대로 헤맨다?

타자 입장에서는 입이 열 개라도 할 말이 없는 상황.

"에이, 진짜 씨발!"

그렇게 안찬섭이 잔뜩 화를 내며 마운드로 향했다.

그런 안찬섭의 얼굴색이 변한 것은 4회 말, 그가 선두 타자를 삼진으로 잡은 후에 올라온 타자를 마주했을 때였다.

3번 타자 박준형.

앞서서 안찬섭을 상대로 안타 하나를 뽑아낸 그가 다시 한번 안찬섭과 승부를 했다.

그리고 그 승부에서 박준형은 다시 한번 안타를 쳐냈다.

"우와!"

"맙소사!"

담장을 넘어가는 안타를.

"홈런?"

"아, 안찬섭을 상대로?"

오늘 경기 처음으로 전광판 점수판에 숫자가 새겨지는 순간.

모두가 믿을 수 없던 일이 일어나는 순간.

-내가 말했지?

그 순간을 예상한 단 한 명의 유령만이 짙은 미소를 지은 채 이제 더 이상 엑스트라라고 부를 수 없게 된 한 명의 투수를 바라봤다.

타자들은 흔히 말한다.

"홈런? 홈런은 말이야 치는 순간 느낌이 와. 이게 넘어갈지, 안 넘어갈지 말이야."

공에 배트가 맞는 순간 홈런을 직감할 수 있다고.

투수들도 말한다.

"홈런? 홈런은 말이야 던지는 순간 느낌이 와. 이게 씨발인지, 아닌지 말이야."

공을 던지는 순간 홈런을 직감할 수 있다고.

만약 이 말이 사실이라면, 홈런을 직감하는 건 타자보다 투수가 먼저일 수밖에 없다.

그런 관점에서 본다면 그건 결코 이상한 일이 아니었다.

-홈런 나온다.

박준형이 타석에 서는 순간.

"홈런이요?"

-안찬섭의 눈깔이 돌아갔어. 저건 절대 투수의 눈빛이 아니야. 복수에 불타는 미친개의 눈빛이지.

"그런 게 느껴져요?"

-아무렴. 보면 알지. 반면 박준형은 몽둥이로 미친개를 잡을 준비를 하고 있어. 눈빛이 다르잖아? 사냥꾼, 그것도 미친개를 잡으려고 만반의 준비를 한 사냥꾼의 눈빛이야.

그 순간 박준형이 홈런을 치리란 사실을 김진호가 예상하는 건 결코 이상한 일이 아니었다.

더 나아가 김진호의 예상은 현실이 됐다.

안찬섭, 그는 자신에게 굴욕을 준 박준형을 짓누르기 위한 공을 던졌다.

패스트볼만을 던졌다.

구속은 140대 중후반.

1회 때보다 좀 더 오른 구속으로, 프로야구에서도 쉽사리 볼 수 없는 공을 거듭 포수 미트를 향해 던졌다.

펑! 펑!

그 강속구의 폭풍우 속에서 박준형은 버티고 버텼다. 아슬아슬한 공은 커트했고, 빠지는 공은 골라내면서.

그 사실이 안찬섭을 약오르게 했다.

'저 새끼가!'

자신의 패스트볼 공세 속에서 도리어 버티는 박준형의 모습은 안찬섭에게 용납할 수 없었으니까.

그게 이유였다.

안찬섭은 기꺼이 그 공을 던진 이유.

'내 공은 네놈 같은 패배자 따위가 칠 수 있는 공이 아니라고!'

커브.

박준형에게 안타를 맞았던 그 공을 던졌다.

박준형 따위의 보잘것없는 쓰레기가 칠 수 있는 공이 아니라는 믿음 속에서.

거기서 이미 상황은 끝이었다.

'왔다.'

이미 앞서서 안찬섭의 커브를 노려서 쳤던 박준형, 그런 그가 두 번째 타석에서 노린 공 역시 커브였다.

그리고 그 커브가 왔다.

결과는 자명한 상황.

빠악!

그렇게 모두가 상상조차 못 했던 일에 놀라기 시작했다.

그리고 그 결과를 예상한 이는 그에 맞게 보다 빠른 대응을 시작했다.

-내가 말했지?

"맙소사, 귀신이 아니고서야 이걸 어떻게……."

-야, 인마! 귀신이라서 맞춘 게 아니라 나니까 맞추는 거야.

이진용, 그는 모두가 상상조차 못 했던 것을 도리어 예상한 김진호를 놀란 눈으로 바라봤다.

그때 김진호가 곧바로 이진용의 앞에서 소리 날 리 없는 손가락을 튕기며 말했다.

-진용아, 좀 있으면 투수코치나 감독이 와서 너에게 물어볼 거야. 5회에 올라갈 거냐고. 그러면 그때 뭐라고 대답해야 하는지 알고 있지?

그러자 이번에도 김진호의 예상대로 김정호 투수코치가 이진용에게 다가와 질문했다.

"진용아, 5회 올라갈 수 있겠냐?"

그 말에 이진용은 대답했다.

"당근 빠따죠!"

4회 말이 끝났을 때 고양 국가대표 야구장의 분위기가 어수선해지기 시작했다.

"저 선수 누구야?"

"안찬섭 상대로 2타수 2안타 홈런?"

"뭐야? 왜 고양 스타즈에 저런 선수가 있는 거야?"

그럴 만했다.

여기 모인 이들이 상상했던 것과는 전혀 다른 말도 안 되는 일이 일어났으니까.

"미치겠네, 기사 제목 뭐로 뽑아야 하지?"

"이름이 박준형이라고? 어디 출신이야? 프로에서 방출된 애야? 뭐라고? 드래프트 지명받은 적이 없다고?"

그나마 눈치가 빠른 이들은 잽싸게 노트북을 두드리며 기사를 올리기 시작했다.

[안찬섭, 고양 스타즈의 박준형에게 홈런 맞다!]

잽싸게 기사 타이틀부터 올린 후에 곧바로 사진기에서 사진

파일을 꺼낸 후에 사진을 올리는 작업에 착수했다.

그렇게 기자들이 던진 미끼는 가뜩이나 야구 관련 소식에 목마르던 야구팬들을 잔뜩 끌어모았다.

-안찬섭이 홈런 맞았다고?

-누구한테? 박준형? 박준형이 누구야?

-안찬섭도 끝이네. 독립 구단에 홈런이나 처맞고.

-개새끼, 꼴좋다. 도박쟁이 새끼가 은퇴나 할 것이지 어디서 개수작을 부려?

기사들마다 댓글이 놀라운 속도로 달리기 시작했고, 그제야 상황을 파악한 몇몇 기자들도 잽싸게 기사를 찍어내기 시작했다.

어수선함은 블루 드래곤즈 더그아웃 역시 마찬가지였다.

“헐.”

이렇다 할 말은 없었다.

그들은 이 말도 안 되는 상황의 피해자였으니까.

결국, 홈런을 맞은 건 그들이 실력 면에서는 가장 신뢰하던 안찬섭이었으니까.

1 대 0, 승리를 자신했던 블루 드래곤즈가 어쨌거나 지고 있는 상황에 직면했으니까.

말이 나올 리 만무.

이종후 감독 역시 이 순간 선수들에게 무어라 말을 할 수가 없었다.

'찬섭이가 홈런을 맞다니?'

그리고 그것이 이종후 감독의 한계였다.

뛰어난 선수가 뛰어난 감독이 되는 건 아닐뿐더러, 이종후 감독에게 블루 드래곤즈는 키워야 하는 팀이 아니라 자신보다 나이 많거나 비슷한 연배의 선수들을 모아 이끌어가는 곳이었다.

그런 이종후 감독에게는 흔들리는 팀을 향해 일갈을 내지를 수 있는 경험도, 능력도 없었다.

'박준형, 이야기는 들었지만 대단한 녀석이다. 프로에서 통하는 정도가 아니야.'

오히려 이 순간 이종후 감독은 그저 박준형이란 선수에 대한 감탄으로 머릿속을 가득 채울 뿐이었다.

그런 블루 드래곤즈 더그아웃의 광경은 공수교대를 앞두고 마운드에 올라올 준비를 하는 두 사내의 눈에 들어왔다.

-캬!

"캬!"

이진용과 김진호.

그 둘은 이 상황을 기꺼이 그리고 아주 즐겁게 받아들였다.

-아주 그냥 아웃을 잡아달라고 사정을 하는구먼. 지금 너

랑 싸울 생각이 조금도 없다.

"아, 그럼 어쩔 수 없네요. 그렇게 사정을 하는데 잡아드려야죠."

마운드의 투수에 집중해 주지 않는 건 물론, 넋을 잃은 타자들만큼 좋은 먹잇감은 없었으니까.

그렇게 5회 초가, 이진용이 무실점으로 이닝을 막을 수만 있다면 승리투수 조건을 챙길 수 있는 게임이 시작됐다.

마운드에 올라오는 순간 이진용은 마운드에 놓인 로진백으로 자신의 손을 메마르게 했다.

메마른 손끝이 공의 실밥을 보다 잘 느낄 수 있도록, 마치 가뭄으로 갈라진 논밭이 한 방울의 물에도 몸서리치듯이, 손가락을 바짝 메마르게 만들었다.

-타자의 심리를 파악할 수 있는 방법은 두 가지다. 하나는 타자의 심리를 읽는 것. 다른 하나는 타자의 심리를 유도하는 것. 지금 상황에서 타자의 심리를 읽긴 힘들어. 이유는?

그런 이진용에게 김진호는 질문을 던졌다.

"패닉 상태이니까요."

사실 질문이라기보다는 조언이었다.

그리고 그 조언 한 번이면 충분했다.

'패닉 상태에 빠진 타자들은 쉽사리 배트를 움직이지 않는다. 좋은 공이 오더라도 본인이 그 공을 칠 수 있으리란 자신이 없으니까. 이 경우에는 칠 수 있는 공이 와도 못 친다. 그러니까 존 안에 공을 넣는데 망설일 이유 같은 건 없어.'

김진호의 가르침은 훌륭했고, 이진용의 습득력은 뛰어났으니까.

'여기에 오늘 난 패스트볼을 거의 던지지 않았다. 아무리 내 패스트볼이 허접하다고 해도, 이 순간 패스트볼이 날아오면 절대 쉽사리 타이밍을 맞추지 못해. 무엇보다 내 공은 그냥 느린 게 아니라 꽤 느리지.'

더 나아가 이진용은 다른 곳은 몰라도 마운드 위에서만큼은 겁을 먹지 않는 선수 아니었던가?

"후! 후!"

그렇기에 이진용은 마운드 위에서 옅은 미소를 지었다.

김진호가 그런 이진용을 바라보며 옅은 미소와 함께 슬며시 마운드에서 내려와 그 옆에 섰다.

지금 이 순간 이진용은 김진호의 조언 따윈 필요 없을 가장 완벽한 투수였기에.

블루 드래곤즈의 6번 타자 한석훈이 타석에 섰을 때, 그는 솔직히 아무런 생각도 할 수 없었다.

4회 말 안찬섭이 홈런을 맞는 순간부터 그의 머릿속에는 우와? 오와! 으아! 같은 소리만 가득 찼으니까.

더 나아가 안찬섭이 어찌어찌 4회 말을 마무리하고 공수교대가 이루어지고, 5회 초가 됐을 때 한석훈은 딱히 이렇다 할 마음의 준비를 하지 않았다.

그의 머릿속은 복잡했고, 그의 앞에는 두 명의 타자가 있었으니까.

그는 두 명의 타자가 자신의 복잡한 머릿속이 정리되는 데 필요한 시간을 충분히 벌어줄 수 있으리라 생각했다.

'미치겠네.'

그러나 그의 앞에 있는 두 명의 타자, 4번 타자와 5번 타자는 너무나도 손쉽게 당했다.

그냥 당한 게 아니었다.

"스트라이크, 아웃!"

"어? 어? 이게 스트라고?"

팀의 거포인 4번 타자는 스트라이크존에 들어오는 공 2개를 그냥 넋 놓고 보더니, 이후에 스트라이크존 바깥쪽에 살짝 걸치는 절묘하게 제구된 공마저 그냥 넋을 잃고 보다가 삼구

삼진을 당했다.

"스윙 스트라이크, 아웃!"

"아놔, 씨발!"

팀에서 가장 몸무게가 많이 나가고 그만큼 힘도 센 5번 타자도 4번 타자와 다를 건 없었다.

5번 타자는 앞서서 날아온 두 개의 패스트볼 앞에서는 멀뚱히 있다가 오늘 경기에서 처음 나오는 커브 앞에서는 발레리나를 무색하게 만드는 한 바퀴 반짜리 헛스윙을 했다.

그렇게 두 타자가 아웃이 되는 데 걸린 시간은 한석훈에게 있어 눈 깜짝할 사이였다.

'일단 보자.'

당연한 말이지만 타석에 선 한석훈은 절대 초구에 배트를 휘두를 생각을 하지 않았다.

그것은 그가 초등학교 시절부터 배운 가르침이기도 했다.

'마인드 컨트롤이다.'

마음이 울적하고 답답할 땐 괜히 초구 건드려서 더 울적해지지 말라는 가르침.

초구에 어떤 공이 오든 참고 일단 공을 보자는 가르침.

그런 가르침을 품은 채 어떻게든 배트가 미동조차 하지 않도록 꽉 잡은 그에게 마운드 위의 애송이가 던진 건 패스트볼이었다.

팡!

너무나도 귀여운 소리를 내며 스트라이크존에 꽂히는 시속 100킬로미터 수준의 아주 귀여운 패스트볼.

물론 남들이 보기에는 귀여운 공이었고, 그 공 앞에서 배트만 꽉 쥐고 있었던 한석훈에게 있어 그 공은 이런 공이었다.

'나 스트라이크존 지나간다, 병신 새끼야!'

이렇게 말을 하면서 지나가는 공.

타자 입장에서는 열이 받는 정도가 아니라 머리꼭지가 그대로 돌아가는 공.

"이런 개씹……."

그 순간 한석훈은 분노한 눈으로 마운드 위에 있는 투수를 노려봤다.

그와 동시에 한석훈은 놀랄 수밖에 없었다.

"……헙!"

피칭을 마친 투수가 마운드로 돌아가기는커녕 오히려 자신을 노려보고 있었으니까.

그것은 마치 쥐를 앞에 둔 독사의 눈빛이었다.

그것도 그냥 쥐가 아니라 이미 자신의 독니에 한 번 물리면서 몸서리를 친 쥐를 바라보는 독사의 눈빛.

그 눈빛 앞에서 한석훈은 입을 다물었고, 그런 그를 앞에 둔 이진용은 마운드에 올라갔다.

그 순간 한석훈은 분명하게 느꼈다.

'절대 못 쳐.'

마운드 위의 투수가 무엇을 하든, 자신이 그 투수의 공을 칠 수 없다는 사실을.

동시에 부정했다.

'에이, 씨발.'

아무리 그래도 이대로 그냥 포기할 수는 없다는 사실을.

한석훈, 그 역시 프로에 데뷔하진 못했지만, 고등학교와 대학교를 야구 잘한다는 사실 하나만으로 들어간 사내였다.

재능이 넘치는 자였다.

단지 언제나 그렇듯 프로를 꿈꾸는 이들에게 오는 세 가지 고비 중 하나를 넘지 못했을 뿐.

'존에 들어오면 무조건 쳐낸다.'

때문에 여기서 그는 자신의 감을 무시하고, 대신 각오를 머금었다.

존에 들어오는 공이라면 무슨 공이든 간에 배트로 때려 맞추겠다고 아예 스스로에게 못을 박았다.

당연히 그는 이진용이 던진 2구째 공을, 존을 향해 들어오는 패스트볼로 보이는 공을 향해 전력으로 배트를 휘둘렀다.

그리고 배트에 공이 닿는 순간 깨달았다.

'아! 체인지업!'

결국, 자신의 감이 맞았다는 것을.

[삼자범퇴에 성공했습니다.]

[15타자 연속 삼자범퇴로 처리했습니다.]

[현재 승리투수 조건을 충족하셨습니다.]

[현재 5이닝 무실점 피칭 중입니다.]

[현재 누적 포인트는 3,159 포인트입니다.]

5이닝 무실점.

선발투수로써 최고의 역할을 마친 이진용이 더그아웃에 돌아왔을 때 그를 반긴 건 정범석 감독이었다.

"수고했다."

짧은 그 한마디에 이진용은 자신이 모든 것을 토해냈음을 깨달을 수 있었다.

그 뒤를 이어 김정호 투수코치가 이진용의 어깨를 두드렸다.

그뿐이었다.

'어…….'

이진용은 이 순간 무언가 대단한 감상에 젖거나, 감동에 흐느끼는 듯한 느낌을 받지 않았다.

오히려 이진용은 등골이 오싹했다.

알 수 없는 차가움이 그의 온몸을 옥죄었다.

'뭐지? 원래 이런 건가?'

최고의 호투를 보였고, 승리투수 요건을 갖춘 채 마운드에서 내려왔다.

본인이 생각해도 기대 이상의 활약.

환호성을 내질러도 이상할 것 없고, 눈총받을 리도 없는 활약.

그러나 이진용은 도무지 이 순간 환호성 따위를 내지를 수 없었다. 그런 기분이 들지 않았다.

그 이유를 말해준 건 김진호였다.

-게임은 끝날 때까지 끝난 게 아니다.

메이저리그의 위대한 포수, 요기 베라의 명언.

-남은 4이닝 동안 팀이 한 번이라도 역전을 당한다면 넌 결코 승리투수가 될 수 없어.

그 명언과 함께 김진호는 말했다.

그제야 이진용은 자신이 느끼는 감정이 무엇인지 알 수 있었다.

그리고 그 감정 앞에서 할 수 있는 것이 무엇인지도 알 수 있었다.

'젠장, 내 등골이 오싹할 수밖에 없지!'

김진호의 말 그대로였다.

야구는 끝날 때까지 끝난 것이 아니며, 만약 오늘 역전을 당한다면 이진용은 그 무엇도 얻을 수 없다.

심지어 이제 승부는 이진용의 손에서 벗어났다.

이진용은 더 이상 마운드에 오를 수 없으며, 그가 이룩한 모든 것에 대한 심판은 다른 투수, 다른 선수의 손에 넘어갔으니까.

자신의 운명이 타인의 손에 달렸으니 등골이 오싹한 것이 당연지사.

이 순간 이진용이 할 수 있는 마지막 발악은 승리를 위해 응원을 내지르는 것이 전부였다.

"스타즈 파이팅!"

이진용이 더그아웃을 향해, 그라운드를 향해 전력으로 소리쳤다.

"이기고 있으니까 이기자고요!"

그리고 승리를 기원했다.

그런 이진용의 외침은 진솔했고, 그 진솔함은 강렬했으며, 그 강렬함 앞에서 고양 스타즈의 더그아웃 분위기가 바뀌기 시작했다.

뜨겁게.

"그렇지, 이겨야지."

"그래, 안찬섭에게 패전투수 멍에를 덮어씌우자고!"

"어차피 안찬섭이 던져 봐야 얼마나 던지겠어? 1점만 지키면 돼!"

오한 따위는 조금도 느낄 수 없을 정도로 격렬하게 달아오르기 시작했다.

그로부터 1시간 후 이진용은 볼 수 있었다.

[최초로 승리투수가 되었습니다. 골드 룰렛 이용권이 지급됩니다.]

◆ 7화 ◆
라이징 패스트볼

가을의 끝과 함께 시작된 기나긴 스토브리그의 끝인 3월 초는 야구팬들의 몸이 가장 절정에 달아오르는 무렵이다.

이 무렵의 야구팬들은 시범 경기를 앞두고 슬슬 스마트폰을 두드리며 포털 사이트의 야구 카테고리를 클릭하며 물고 뜯을 만한 적당한 기삿거리를 찾기 시작한다.

물론 이 시기에 아주 맛있는 특별한 떡밥이 생기는 경우는 거의 없다.

달리 말하면 이 시기에 아주 특별한 떡밥이 등장하면 몸이 달아오른 모든 이들이 달라붙는다는 의미.

[안찬섭, 고양스타즈와의 대결에서 5이닝 1실점 패전투수

되다!]

[안찬섭, 한 방에 무너지다!]

[안찬섭 '팬들에게 야구하는 모습을 보여드릴 수 있는 것에 그저 감사할 뿐'.]

안찬섭의 등장 그리고 이어진 패배는 모든 야구팬들을 온라인으로 끄집어내기에 부족함이 없었다.

그렇게 몰려든 야구팬들의 반응은 대개 비슷했다.

-안찬섭도 끝이네! 이제 은퇴만 남았다.

-그래도 안찬섭 빼면 토종 투수 중 던질 투수가 없는데 너무들 하네. 1년 자숙했으면 된 거 아님?

└응, 아니야.

└범죄자 아웃.

대부분의 야구팬들은 안찬섭의 패배 앞에서 느낀 고소함을 숨기지 않았다.

그동안 안찬섭의 행실이 어떠했는지 알 수 있는 대목이었다.

한편 그런 안찬섭과 다르게 야구팬들의 응원과 성원을 받는 선수도 생겨났다.

[박준형, 고양 스타즈의 히어로가 떠오르다!]

[안찬섭 상대로 2타수 2안타 1홈런을 뽑아낸 박준형, 그는 누구인가?]

[신고선수 신화, 박준형이 이어간다!]

박준형.

혜성처럼 등장해 안찬섭이란 별을 단숨에 때려 눕힌 그의 존재에 야구팬들은 기꺼이 성원을 보냈다.

-드디어 토종 거포 하나 등장이네.

-이런 선수가 왜 독립 리그에서 뛰는 거지?

-이야기 들어보니까 워낙 러브콜을 보내는 프로 구단이 많아서 협상 중이라는데?

-하긴 독립 구단 소속이면 자유계약 선수나 다름없을 테니까.

-이런 선수를 드래프트에서 안 뽑은 우리 팀 스카우트는 제발 안구 좀 사회에 기증했으면.

강속구 투수를 상대로 벼락과도 같은 홈런을 만들어내는 젊은 타자, 심지어 아직 그 어떤 프로 구단에도 속하지 않는 타자를 사랑하지 않을 야구팬은 없었으니까.

물론 그 기사의 홍수 속에 한 사내의 기사도 있었다.

[고양 스타즈의 이진용, 블루 드래곤즈 상대로 5이닝 무실점 승리투수가 되다.]

짤막한 기사 하나.

메인에 노출은커녕 직접 이름을 검색해도 고작 하나의 기사만이 덩그러니 나오는 기사.

초라함을 넘어 당사자에게는 처참하기 그지없는 기사.

"아버지 보셨죠? 제가 이런 사람입니다. 으하하!"

그러나 그것만으로도 충분했다.

"아무렴요. 아버지 아들이 누굽니까? 리틀 최동원! 무쇠팔 최동원의 후계자 아닙니까?"

그 초라한 기사의 주인공인 이진용, 그가 정말 오랜만에 야구를 가지고 아버지와 함께 흥에 취해 이야기를 나누는 데에는.

"그러니까 말이죠, 갑자기 우리 감독님이 선수단을 모아서 말하는 겁니다. 블루 드래곤즈의 선발투수는 안찬섭이다! 당연히 선수단 얼굴이 하얗게 변했죠. 그때 감독님이 선발 지원자 있나? 하고 물어봤습니다. 그러자 모두 입을 꽉 다물고 서로 눈치만 보는데 제가! 이 제가! 아버지 아들인 이 진용이가 손 번쩍 들고 말했죠. 감독님, 함 해보입시더!"

그렇게 긴 대화가 끝났을 때.

"예, 아버지. 아무렴요. 제가 프로에서 뛰는 모습 꼭 보여드리겠습니다. 저만 믿으세요."

이진용은 이제 새로운 대화를 해야만 했다.

-리틀 최동원? 아주 쇼를 해요, 쇼를 해. 차라리 리틀 김진호라고 하지 그랬냐?

김진호의 웃음기 섞인 말에 이진용이 퉁명스럽게 대답했다.

"우리 아버지 머릿속에는 김진호 선수보다 최동원 선수가 최고 선수거든요."

-하긴, 그분은 위대한 투수이긴 했지.

"어? 김진호 선수가 인정하는 투수도 있어요?"

-날 무슨 위아래, 선후배도 못 알아보는 쌍놈으로 취급하네?

"아니, 국제 대회에서 국가대표로 뛸 때 선배랑 말다툼도 해보신 분이 그런 말씀을? 예전 아시안게임 때였나, 그때 팀 내 최고 베테랑 포수랑 한바탕 싸웠잖아요?"

-야! 그건 그 진용화 선배가 경기 앞두고 숙소에서 술 처먹어서 그런 거지! 씨발 내 전담 포수가 경기 전날에 소맥을 말아먹는데 그럼 그걸 그냥 가만 놔두냐? 그게 국제 대회 아니었으면 말다툼이 아니라 거기서 그냥 바로 K-1 시작했어.

"요즘 대세는 K-1이 아니라 UFC예요."

-아무튼! 난 야구에 자신의 모든 걸 쏟아붓는 선수들을 존경해. 반대로 재능만 믿고 설치는 새끼들은 증오하지.

"그런 사람이 이미지 좋은 선수들하고는 트러블이 왜 생긴 거죠?"

-그야 내 적이면 모든 걸 쏟아붓든 말든 그냥 개박살을 내야 하니까. 멋지고, 끝내주는 선수가 타석에 섰다고 해서 봐줄 일은 없잖아? 안 그래? 사실 달리 보면 재능도 넘치는데 자신의 모든 인생과 열정을 쏟아붓는 놈들만큼 무서운 놈도 없어. 그런 선수들은 아주 가차 없이 짓밟아야 해. 안 그러면 언제든 내가 당하니까. 너도 마찬가지야. 대단한 선수일수록 가차 없이 전력을 다해 짓뭉개. 진짜 대단한 선수들은 실낱같은 구멍 속에서도 역전을 해내니까. 그래서 대단한 거고.

이진용은 대답 대신 굳은 표정으로 고개만 끄덕였다.

그렇게 분위기는 무거워졌고, 그 무거워진 분위기를 풀려는 듯 김진호가 말을 돌렸다.

-이야기는 여기까지 하고, 룰렛 돌려보자.

김진호의 말에 이진용은 굳은 표정을 풀었다.

그러고는 곧바로 베이스볼 매니저를 활성화한 후에 현재 자신이 가진 것을 확인했다.

[현재 누적 포인트는 4,309포인트입니다.]

[현재 골드 룰렛 1회 이용권을 소유하고 있습니다.]

-언제나 느끼는 건데 이 게임 너무 퍼주는 거 같아.

"열심히 해서 5이닝 무실점으로 첫 승을 거뒀는데 이 정도는 줄 수 있잖아요? 아니, 사실 첫 승 정도면 솔직히 플래티넘 룰렛 이용권 정도는 줘야지. 안 그래요?"

-플래티넘? 에라이, 양심에 구멍 난 새끼!

"양심에 구멍이 백 개쯤 나도 좋으니 제발 이번에는 정말 끝내주는 게 나왔으면 좋겠네요."

첫 승.

이진용이 거둔 그 승리의 대가는 달콤했다.

일단 단순한 승리가 아니라 5이닝 무실점, 단 하나의 볼넷과 안타도 주지 않은 승리라는 것이 보상을 더 달콤하게 해줬다.

당장 누적 포인트가 4천 포인트가 넘어가는 것이 그 증거였다.

다른 경기도 아니고, 고작 사회인 야구팀과 경기를 한 것 치고 이 정도 포인트를 얻기란 쉽지 않으니까.

"그보다 이 게임은 단순히 타자를 잡는 것보다 삼자범퇴나, 연속 삼진, 무실점 이닝이 길어질수록 보너스가 커지네요."

-한국프로야구에서 완투나 완봉 정도 하면 포인트를 거의 1만 가까이 모을 수 있겠어.

"1만이요?"

-대충 한국프로야구 타자들의 평균 포인트는 100포인트 근

처일 테니까. 완봉을 한다는 건, 당장 그런 타자들을 상대로 27개의 아웃을 잡는 거잖아? 그것만 해도 2,700포인트. 여기에 너도 봤겠지만, 무실점 이닝이 늘어날수록 눈덩이처럼 불어나.

"그렇죠. 설마 5이닝 무실점 피칭 보너스 포인트가 500포인트나 될 줄은 몰랐죠."

-프로 리그 경기에서는 똑같이 5이닝 무실점을 거두면 1천 포인트를 줄 거야. 9이닝이면 그 곱절이 나올 테고. 여기에 완봉 보너스에 삼진 보너스, 선발투수로 나올 경우 생기는 15퍼센트 메리트를 고려해 보면…… 완봉승이면 1만 포인트 정도는 나온다.

"대단하네요."

한편으로는 이번 경기를 통해 베이스볼 매니저로 포인트를 얻을 수 있는 방법, 과정에 대해서도 알 수 있었다.

-대단하다기보다는 야구를 아는 거지. 투수의 미덕이 삼진을 잡는 게 아니라, 무실점으로 보다 많은 이닝을 소화해야 한다는 것을. 그리고 승리가 무엇보다 중요하다는 것.

확인은 거기까지였다.

"그럼 4천 포인트는 브론즈 룰렛 돌리고, 골드 룰렛을 돌리겠습니다."

이제는 잡담을 멈추고 룰렛을 돌려야 할 때.

김진호는 고개를 끄덕였고, 곧바로 이진용은 브론즈 룰렛부터 돌리기 시작했다.

물론 돌리기 전에 소리쳤다.

"금! 금! 금!"

-애잔하다, 애잔해.

그렇게 돌린 브론즈 룰렛에서 이진용이 그토록 바라던 대박이 나오는 일은 없었다.

[구속이 1상승합니다.]

[체력이 1상승합니다.]

[체력이 1상승합니다.]

[체력이 1상승합니다.]

-이야, 체력 부자 됐네! 축하한다!

물론 대박이 아니라도 상관은 없었다.

"뭐, 체력도 나쁠 건 없죠."

지금 나온 것만으로도 이진용은 충분히 만족할 수 있었으니까.

무엇보다 이진용에게는 있었다.

"그럼 이제 골드 룰렛 돌려봅시다."

골드 룰렛 이용권!

최초의 승리가 가져다준 그 룰렛을 활성화하자 곧바로 금빛 광채가 솟아오르기 시작했다.

"오!"

-오!

그건 무려 5백 칸이나 되는 룰렛이었다.

개중에서 백금색, 플래티넘 칸은 정확히 4개가 있었다.

"이게?"

-이게 끝판왕인가 보구나.

그리고 누가 보더라도 다이아몬드로 보이는 보석으로 만들어진 칸이 하나 있었다.

이진용은 그 칸을 읽었다.

-스킬 [리볼버]

"스킬명만 봐도 섬뜩하네요."

-뭔가 끝내주는 거 같다. 일단 스킬 이름부터 뭔가 굉장히 대단해 보이잖아?

백금색 칸에 있는 것도 읽었다.

-스킬 [라이징 패스트볼]

-구질 상승 비약(A랭크)

-스킬 [마법의 1이닝]

-구속 상승 비약(150↑)

"라이징 패스트볼 그리고 마법의 1이닝. 이 두 가지 스킬도 듣기만 해도 뭔가 끝내줄 것 같지 않아요?"

-난 그것보다 구질 상승 비약이 끌린다. A랭크 구질이라면 보통이 아닐 거야. 메이저리그 기준으로는 70점 정도 될 거야. 리그 최정상급 수준의 구질을 가지는 거지. 그보다 마음에 걸리는 건…….

"구속 상승 비약 뒤에 있는 숫자죠."

-이건 내 예상인데 어쩌면 브론즈 룰렛으로 올릴 수 있는 구속은 130이 한계일지도 몰라. 막말로 네가 구속이 150이 나오는데 브론즈 룰렛 돌려서 구속을 1씩 올린다는 건 말이 안 되잖아?

"저도 비슷한 생각을 했어요."

-그럼 저건 네 구속이 150킬로미터 정도가 됐을 때 구속을 올려주는 효과가 있을지도 모르지.

"왠지 가장 꽝일 것 같네요."

-꽝? 야, 넌 네 최고 구속이 149인데 누가 약하나 먹어서 150을 던질 수 있다고 하면 그 약 얼마에 살래?

이진용은 입을 다물었다.

남들보다 공이 느려서, 체격이 작아서, 돈이 없어서, 그런 이유로 그토록 사랑하던 야구를 쓰디쓴 기억으로 남겨야 했던 그가 구속을 올려주는 약의 가치를 모를 리 없을 터.

감상은 거기까지였다.

그 둘은 곧바로 서로를 마주 봤고, 동시에 소리쳤다.

"돌아라!"

-돌아라!

그러자 곧바로 황금 룰렛이 힘차게 돌아가기 시작했다. 그 둘은 숨죽인 채 룰렛을 바라봤다.

그리고 봤다.

[라이징 패스트볼 스킬을 습득하셨습니다.]

-씨발, 이건 사기야!

"씨발, 신이시여 감사합니다!"

기적이 일어났다.

고양 스타즈 회의실.

코칭스태프들이 한 곳에 모인 그곳의 분위기는 며칠 전 분위기와 전혀 달랐다.

"오늘도 기사가 잔뜩 올라오는군."

블루 드래곤즈전의 승리.

그것도 다른 누구도 아닌 안찬섭이란 투수를 상대로 승리를 거두었다는 사실 때문이었다.

"후원자도 늘었습니다. 설마 이 정도까지 효과가 있을 줄은 몰랐습니다."

"선수들 사기도 크게 늘었습니다. 안찬섭도 이겼는데, 프로 2군을 상대로 겁먹을 일은 없을 겁니다."

그 정도였다.

안찬섭이란 별을 떨어뜨린 대가는 고양 스타즈의 모든 이들을 들뜨다 못해 정신마저 못 차리게 할 정도로 달콤했다.

"일단 다들 정신 차리도록."

"예?"

그런 코칭스태프들의 달콤함을 끝낸 건 정범석 감독의 그 한 마디 그리고 날카로운 눈빛 한 줄기였다.

"1 대 0 승리, 안찬섭을 상대로 안타를 때린 건 박준형이 유일. 타점도 박준형이 유일. 나머지 타자들은 안찬섭을 상대로 15타석을 상대하는 동안 제대로 된 타격조차 하지 못했을뿐더러 안찬섭이 내려간 후에도 득점은 내지 못했다."

코칭스태프들이 입을 꽉 다물었다.

그제야 그들은 깨달은 것이다.

안찬섭을 이긴 건 박준형이지, 고양 스타즈가 아니라는 사실을.

"크험."

"엇험."

"에헷."

그 사실을 깨달은 코칭스태프들이 저마다 특색 넘치는 헛기침을 내뱉었다. 그 헛기침과 함께 상황이 진정됐고, 정범석 감독은 그런 코칭스태프에게 말했다.

"내일모레 엔젤스 2군과 경기를 치른다. 기자들은 물론 관계자들과 관중까지, 우리가 예상한 것보다 더 많은 이들이 야구장에 모일 것이다. 그런 그들 앞에서 무기력한 모습을 보인다면 상처는 더 크겠지. 동시에 엔젤스 2군들도 마음가짐이 다를 것이다. 언제나 그렇듯 2군 선수들에게 우리, 독립 구단에게 패배하는 건 자신들의 필요 가치를 부정당하는 일이니까."

그 말을 들은 후에야 고양 스타즈의 코칭스태프들이 정신을 차리고, 본래의 눈빛을 품었다.

절박한 자의 눈빛.

그 말 그대로였다.

고양 스타즈의 절박함은 분명 대단하다.

하지만 프로 2군 선수들이 품고 살아가는 절박함 역시 결코 가소롭지 않다.

하물며 고양 스타즈 선수들은 잃을 것 없는 도전자들이지만, 프로 구단의 2군 선수들은 그 자리, 2군이라는 아주 귀중한 자리를 가진 도전자들이다.

그런 프로 구단 2군 선수단이 독립 구단에 진다?

그럼 과연 구단 그리고 1군의 코칭스태프들은 그 패배의 원흉들을 어떻게 볼까?

때문에 프로 2군 선수들이 다른 2군 선수들과의 경기보다 독립 구단과의 경기에서 필사적으로 뛰고는 한다.

"어떻게든 이긴다. 그걸 이기지 못하고 프로를 노린다는 건 웃기지도 않은 소리일 테니까."

더불어 그런 2군 선수들, 필사적인 2군 선수들은 고양 스타즈가 넘어야 하는 벽이기도 했다.

그들과 비슷해서도 안 된다.

독립 구단 선수와 프로 2군 선수의 기량이 똑같다면, 프로야구 구단은 자기 구단 소속 2군 선수를 쓰지, 독립 구단 선수를 새롭게 데려와 쓰지 않으니까.

그런 상황 앞에서 고작 블루 드래곤즈전에서의 승리에 취한다는 건 말도 안 되는 이야기.

"그럼 본론으로 돌아오도록 하지. 라인업을 새로 짠다. 타선 라인업에 변화를 준다. 정오성이 생각보다 타격감이 안 좋더군. 빼도록."

"예."

그렇게 정범석 감독의 말과 함께 시작된 진지한 분위기의 회의 속에서 그 이름이 거론됐다.

"선발은 정해졌고, 불펜 쪽은 어떻게 할까요? 이대로 갈까요?"

"불펜 쪽에서는…… 이진용을 스윙맨으로 포함시키도록."

"이진용 말입니까?"

그 이름이 거론되는 순간 김정호 투수코치가 살짝 의구심을 표현했다.

이번 엔젤스전은 고양 스타즈 선수들에게 있어서 그야말로 자신을 선보일 수 있는 최고의 쇼케이스 무대.

그저 나온다는 사실 하나만으로도 천금 같은 기회가 될 수 있는 무대 아닌가?

그런 김정호 투수코치의 의구심에 정범석 감독은 짧게 답했다.

"5이닝 무실점, 승리투수가 됐으니 마땅히 보상을 해줘야지."

이진용.

그가 승리투수가 된 보상을 받는 순간이었다.

[라이징 패스트볼]

-스킬 랭크 : F

-스킬 효과 : 체력 3포인트를 소모해 강화된 패스트볼을 던질 수 있다.

라이징 패스트볼.

플래티넘 등급의 스킬을 바라보는 이진용과 김진호는 얼빠진 표정을 짓고 있었다.

이 대단한 스킬에 대한 놀라움 그리고 이 스킬이 의미하는 바에 대한 의구심, 그 두 가지가 그 둘의 표정을 그리 만들고 있었다.

이윽고 이진용이 입을 열었다.

"이게 무슨 의미인지 아시겠어요?"

-글쎄, 이런 게임 시스템이 생겨본 적이 없어서…….

김진호가 머리를 긁적였다.

유령이 머리를 긁적인다는 사실이 퍽 신기했지만, 이진용은 그 사실을 굳이 꼬집지 않았다.

대신 떠올렸다.

"하지만 라이징 패스트볼은 던져보셨잖아요?"

김진호, 그가 메이저리그에서 활약할 당시 마치 붕 뜨는 듯한 패스트볼을 던졌던 기억을.

-던져보긴 했지. 아니, 정확히 말하면 진짜 뜬 건 아니지. 덜 가라앉은 거지만.

"알아요. 회전 수가 많아서 그랬어요. 메이저리그 전문가들이 김진호 선수의 포심 패스트볼의 평균 회전 수를 분석한 결과 평균 2400RPM 이상이라는 예상이 나왔거든요. 실제로는 그 이상이라는 이야기도 나왔고요."

-응? 어? 회전 수?

"예. 회전 수가 높으시고, 수직 무브먼트도 대단하셨죠. 그러니까 다들 김진호 선수의 100마일짜리 패스트볼에 속수무책으로 당했던 거죠."

-어, 음…… 갑자기 무언가 이야기가 이상하게 돌아가는 거 같은데 야구 이야기하는 거 맞지?

"아."

그제야 이진용은 깨달았다.

김진호가 아는 야구와 지금 시대의 야구, 10년이란 세월 동안의 변화는 경천동지한 수준의 변화였다는 것을.

"그냥 하고 싶은 말 하세요."

-왠지 내가 바보가 된 느낌인데?

"그럴 리가요. 그냥 시대가 변했을 뿐이죠. 나중에 좀 더 자세히 알려드릴게요."

-여하튼 라이징 패스트볼이란 건 공의 움직임이 일반적인

그 구속의 공과 달라. 일반적인 경우와 다르다는 건 타자들이 이미지화한 것과 다르다는 거야. 다르니까 타이밍을 맞추기 힘들고, 그래서 당연히 제대로 된 타격이 되기 힘들지.

"그렇죠."

-즉, 이 라이징 패스트볼이란 스킬이 말해주는 패스트볼 강화란 그런 종류의 강화일 거야. 구속이 더 빨라지거나, 공이 진짜 떠오르는 게 아니라 공이 그리는 궤적을 일반적인 공과 다르게 해주겠지.

"그렇겠죠."

여기까지는 이진용도 충분히 예상하고 또한 이해할 수 있는 부분이었다.

-핵심은 패스트볼이라는 거지.

반대로 이 부분부터는 이진용이 감히 예상치도 못한 것이었다.

"예?"

핵심은 패스트볼, 그 표현에 이진용이 고개를 갸웃했다.

-예는 무슨 예야? 네가 얻은 스킬은 다른 것도 아니고 패스트볼을 강력하게 해준다니까?

"예, 그렇죠. 그건 보면 알아요."

반면 김진호는 그런 이진용의 모습에 고개를 절레절레 흔들었다.

-그게 무슨 의미인지 몰라?

이번에는 이진용이 고개를 절레절레 흔들었다.

"솔직히 뭘 말씀하시는지 모르겠습니다. 패스트볼이 패스트볼 아닙니까? 이 스킬은 패스트볼을 강하게 해주는 거고."

-그래, 포심 패스트볼도 패스트볼이고 투심 패스트볼도 패스트볼이고 컷 패스트볼도 패스트볼이지.

"아!"

그제야 이진용은 깨달았다.

-여기에 스플릿 핑거 패스트볼도 패스트볼이고!

"스플리터!"

이 스킬이 왜 플래티넘 등급의 스킬인지.

그리고 자신에게 얼마나 대단한 무기가 손에 들어왔는지.

-일단 네가 그냥 자력으로 습득한 구질은 베이스볼 매니저에 등록되지 않는 건 확인했었고.

베이스볼 매니저가 생성됐을 때, 이진용과 김진호는 당연히 베이스볼 매니저에 대한 나름의 연구를 했다.

개중에서 가장 먼저 한 건 변화구 구질 습득에 대한 것이었다.

변화구를 던지는 것 자체는 어려울 게 없다. 그것을 경기에 활용하는 게 문제일 뿐.

여기서 이진용과 김진호는 실험을 했다.

이진용의 상태창에 갱신되지 않은 종류의 변화구들을 던져 봤다.

투심, 커터, 스플리터, 포크볼은 물론 너클볼까지!

하지만 아무리 그런 식으로 변화구를 던져도 상태창에 변화구 구질이 새롭게 갱신되는 일은 없었다.

거기서 깨달았다.

이진용이 자기 능력으로 습득하거나 개발한 변화구는 그저 변화구일 뿐, 베이스볼 매니저에 등록되지 않는다는 것을.

그리고 베이스볼 매니저에 등록되지 않은 변화구는 스킬과 아이템 효과를 받을 수 없다는 것을.

"젠장, 이럴 줄 알았으면 베이스볼 매니저 생기기 전에 모든 변화구를 던져보는 건데! 아! 내가 왜 투심을 안 던졌을까…… 스플리터라도 한 번 던져볼걸……."

즉, 지금 라이징 패스트볼이란 놀라운 스킬을 습득했음에도 이진용은 그 스킬의 진가를 제대로 확인할 수가 없었다.

현재 이진용이 가진 패스트볼 구질은 포심 패스트볼이 유일했으니까.

손에 들어온 보물의 가치를 제대로 써먹지 못하는 자신의 처지에 이진용이 짧게 푸념을 내뱉는 이유였다.

-이럴 줄 알았으면 난 페라리 대신에 대형 트럭을 타고 다녔을 거다. 말도 안 되는 거에 집착하지 마.

물론 가소로운 푸념이었다.

-그런 것보다 중요한 건 위력을 제대로 확인하는 거야. 어차피 구질이야 나중에 차차 습득할 테니까.

“위력이요?”

-지금 네 최고 구속이 얼마지?

이진용은 대답 대신 자신의 상태창을 활성화했다.

[이진용]

-최대 체력 : 73

-최대 구속 : 124㎞

-보유 구종 : 포심 패스트볼(E), 체인지업(B), 슬라이더(F), 커브(B)

-보유 스킬 : 심기일전(E), 일일특급(F), 라이징 패스트볼(F)

[일일특급 효과에 의해 커브 구질 랭크가 B랭크로 상승했습니다.]

“최대 구속은 124킬로미터네요. 하지만 어디까지나 최고 구속이니, 그냥 패스트볼은 120대 초반으로 봐야겠죠.”

-진짜 내 스플리터보다 안 나오는 구속이라니 눈물이 나는구먼.

"네, 커브보다는 빠르니 다행이죠. 아무렴요."

-어떤 의미에서 네가 어설프게 느린 게 아니라 허접하게 느린 게 차라리 다행이네.

"예?"

허접하게 느린 게 다행이라니?

갑작스러운 김진호의 말에 이진용은 고개를 갸웃했다.

-너 그거 알아? 1940년대에 너클볼은 메이저리그에서 겁나 흔한 공이었다는 걸?

"너클볼이요?"

-메이저리그 한 팀에 선발투수 중 4명이 너클볼을 주력으로 쓸 정도였었지.

그 놀라운 말에 이진용이 혀를 내둘렀다.

"포수가 지랄했겠네요. 그 무렵에는 로테이션도 5인이니 6인이니 그런 것도 없었을 테니, 매일 너클볼을 받았을 거 아니에요?"

-근데 그 이후 너클볼은 쇠락의 길을 걸었어. 왜인지 알아?

"너무 흔해서?"

-정답.

야구는 언제나 진화했고 또한 변화했다.

-모두가 너클볼을 던지니까 타자들이 너클볼을 연구하기 시작했고, 너클볼이 마구가 아니게 됐지. 모든 변화구가 그런 과정을 거쳤어. 커브의 시대가 오면 모든 투수가 커브를 던지고, 모든 타자가 커브를 연구하지. 포크볼도 그랬고, 스플리터도 그랬어. 오히려 그 상황 속에서 언제나 구종 가치를 유지한 건 슬라이더였지. 왜 그런지 알아?

"저번에 말씀해 주신 대로 대부분의 변화구가 위아래로 움직이지만, 슬라이더는 좌우로 움직이기 때문이겠죠."

-아, 잠깐 눈물 좀 닦자.

"눈물? 갑자기 왜요?"

-내가 너무 대견해서…… 아! 내가 이렇게 짐승 하나를 사람으로 만들었구나!

"말장난 말고 본론으로 돌아옵시다."

-그래 본론으로 돌아오면.

그 변화 속에서 언제나 타자와 투수는 서로의 꼬리를 물고 무는 싸움을 했다.

그것은 지금도 마찬가지였다.

-2016시즌 메이저리그에서는 투수들이 높은 패스트볼을 던지기 시작했지.

"그랬죠. 분석가들도 하이 패스트볼의 시대가 올 거라고 말했고."

-그것도 앞서 말한 것과 같은 거야. 낮게, 더 낮게. 모든 투수가 어릴 때부터 낮게 던지는 공을 던지는 걸 교육받고 모든 투수가 낮게 던지는 것을 미덕으로 삼다 보니, 모든 타자가 낮은 공을 때리도록 진화하기 시작했지.

몇 년 전까지만 해도 모두가 미덕으로 삼는 투수는 스트라이크존 낮은 곳에 빠른 공을 던질 수 있는 투수였다.

만약 어느 하이스쿨의 젊은 투수가 100마일짜리 공을 낮게 던진다면, 메이저리그의 모든 스카우트가 달려들어 그 선수의 피칭에 박수를 격렬하게 쳤을 정도.

하지만 작금에 낮은 공은 도리어 더 높은 피안타율을 기록하고 있었다.

오히려 높은 공이 더 낮은 피안타율을 기록하는 시대가 왔다.

변화의 증거인 셈.

-그리고 지금은 패스트볼의 시대이기도 하지. 보다 빠른 공을 던지는 시대.

더 나아가 작금의 야구는 패스트볼의 시대이기도 했다.

어떻게든 더 빠른 공을 던지고자 하는 시대.

실제로 더 빠른 공을 던지는 시대이기도 했다.

"그래서 제 느린 공이 먹힐 수 있다는 의미이군요."

그 사실을 앞서 김진호가 해준 설명에 적용하면 이진용의 느린 공이 타자들에게는 보기 힘든 공이 된다는 의미!

-뭐? 야! 느린 공이 먹힌다는 게 말이 돼? 그냥 느리기만 한 공은 배팅볼일 뿐이야.

"그럼 어떻게 해야 하죠?"

-느린데 좆같은 공을 던져야지. 그게 이제부터 네가 추구해야 하는 방향이다. 더불어 네가 프로의 세계에서 살아남기 위해 꼭 거쳐야 하는 과정이기도 하고. 솔직히 네가 이 단계에 오는 건 좀 더 시간이 지난 후일 줄 알았는데 이렇게 빨리 올 줄은 몰랐네.

그때였다.

띵!

문자가 도착했음을 알리는 알림에 그 둘의 대화가 잠시 멈추었다.

-문자 왔네.

이진용이 곧바로 스마트폰을 확인했다.

-무슨 내용이야?

이어진 김진호의 질문에 이진용이 대답했다.

"서울 엔젤스 2군과의 경기 엔트리에 들어갔으니, 이천으로 갈 준비하라는데요?"

서울 엔젤스.

서울을 연고지로 삼고, 잠실야구장을 홈구장으로 쓰며 대한민국 굴지의 재벌 그룹 중 한 곳인 현성그룹의 지원을 받는 팀으로, 한때 엔젤스는 한국프로야구 구단 중에서 가장 많은 지원을 받는 팀이었다.

현성그룹의 회장인 구정범 회장의 타의 추종을 불허하는 야구사랑 덕분이었다.

하지만 1994년 우승을 끝으로 2000년대에 들어서자마자 추락만을 거듭하던 서울 엔젤스에 대한 대우는 점차 낮아지기 시작했다.

그런 서울 엔젤스가 달라진 건 2017시즌을 앞두고 있을 무렵이었다.

FA시장에서 투수 최대어라고 평가받은 국가대표급 좌완투수와 국가대표급 거포 외야수를 각각 총액 100억 원에 영입하는 것을 시작으로, 메이저리그에서도 커리어가 남다른 외국인 선수 3명을 영입하는 데 무려 550만 달러라는 비용을 투자했다.

공격적인 수준을 넘어 미쳤다고, 제정신이 아니라고, 그런 소리를 들을 수밖에 없는 투자.

"그래서 박준형에 대한 당신의 생각은 어떻죠?"

그 투자의 배경에는 구은서, 그녀가 있었다.

현 현성그룹 회장의 손녀인 그녀가 엔젤스의 운영팀장으로

부임하는 순간 서울 엔젤스의 자금력은 마르지 않는 샘이 되었다.

“솔직히 제가 메이저리그에서 뛰었다면, 당장 단장에게 직접 전화를 걸었을 정도입니다.”

“그 정도인가요?”

“고교 시절 그리고 대학 시절 부상을 입은 동안 오히려 재활을 거치면서 몸이 더 단련됐습니다. 그리고 그 시간 동안 겸손함과 야구에 대한 절박함을 배웠죠. 재능이 넘치지만, 그 재능에 어울리지 못하는 무대에서 갈증을 느끼고, 그 갈증을 채우기 위해 스스로를 연마하는 선수입니다. 장담컨대 그는 어느 시즌이든 3할 타율과 20홈런을 기록할 겁니다. 지금 하락세를 걷는 우리 팀의 주전 1루수를 대체하기에 최고의 자원입니다.”

그리고 현재 구은서의 관심은 박준형에 꽂혀 있었다.

그건 그저 박준형이 뛰어난 재목을 가지고 있어서 그런 게 아니었다.

“홍보팀장님 의견은 어떻죠?”

“프로에서 단 한 번도 지명받지 못한 선수가 엔젤스 유니폼을 입고 팀의 우승에 기여하며, 신인왕을 받는다. 그렇게만 된다면 나머지는 저한테 맡겨주시면 됩니다. 최고의 히트 상품으로 만들어드리겠습니다.”

구은서, 그녀가 바라는 건 우승이었다.

그것도 단순한 우승이 아니라 그녀의 조부인 구정범 회장이 감동할 만한 우승!

한국시리즈 결전의 날에 구정범 회장이 자신의 VVIP병실로 모든 피붙이를 불러 모은 후에 엔젤스의 우승에 기뻐하는 모습을 보일 만한 우승!

그런 우승을 위해서 구은서에게는 필요했다.

"이미 카드도 여러 장 준비했습니다. 잡아둔 시구 일정만 아홉 건입니다. 전부 A급 아이돌들입니다. 기자들은 이미 사단 수준으로 대기시켜 놓았습니다. 박준형이 홈런을 하나 칠 때마다 그의 기사가 백 개씩 올라올 겁니다."

스토리.

단순히 뛰어난 것이 아니라, 모든 이들이 주목할 만한 그리고 감동할 만한 스토리가!

그것이 이유였다.

"좋아요. 그럼 이번 경기 직접 보겠어요."

"예?"

"예?"

"제가 그 자리에서 결정을 내리겠어요."

그녀가 고작 2군과 독립 구단의 경기관람을 작심한 이유.

[체력이 최대치에 도달했습니다.]

베이스볼 매니저의 알림을 확인한 이진용은 어깨를 크게 움직이기 시작했다.

3월 6일, 선발로 출전했던 그 날 5이닝 동안 65구나 되는 공을 던지면서 생겼던 피로감은 조금도 느껴지지 않았다.

'오케이.'

그저 그날의 여운과 느낌만이 선명하게 남아 있을 뿐.

-네 체력 회복속도는 시간당 0.7포인트 정도 되네. 하루 푹 쉬면 회복량은 16포인트 정도.

그런 이진용의 등 뒤에서 김진호가 입을 열었다.

-앞으로는 체력이 중요해질 거야. 당장 심기일전과 라이징 패스트볼, 두 가지를 동시에 쓰면 소모되는 체력 포인트가 6포인트나 되니까. 반면 하루 회복량은 16포인트. 사실 프로가 되면 결국 체력 관리 싸움이지. 160킬로미터짜리 공을 던질 수 있어도 체력 관리에 실패하면 끝이니까.

체력.

처음에는 제대로 파악할 수 없었던 능력치였지만, 현재 이진용과 김진호는 체력에 대해서 어느 정도 파악을 끝낸 상황이었다.

체력은 투구수와 밀접했다.

공 1개를 던진다고 무조건 체력 1이 소모되는 건 아니었다.

던지는 구종, 구속, 상황에 따라 소모되는 체력 포인트가 달랐다. 예를 들어 이진용이 전력으로 공을 던질 경우에는 체력이 1포인트 소모되지만, 이진용이 가볍게 던지거나 어깨에 부담이 가지 않는 피칭을 할 경우에는 그보다 더 낮은 포인트가 소모됐다.

"생각보다 스킬 사용 소모값이 크네요."

그런 관점에서 본다면 스킬을 한 번 쓸 때 체력을 3포인트나 소모한다는 건 전력투구를 3번 연속으로 한 것과 똑같은 체력 소모를 하는 셈이었다.

-뭐, 그렇게 해서라도 조금이나 덜 쓰레기 같은 공을 던질 수 있으면 다행인 거지.

"그렇죠. 체력이 바닥이 되어도 좋으니 게임이 잡히는 게 더 중요하죠."

물론 이런 체력을 고민하는 것도 지금 이진용의 입장에서는 행복한 고민이었다.

선수들에게 가장 최악은 넘치는 힘을 쓸 데가 없을 때이니까. 그렇게 힘을 쓸 곳이 없다가 결국 애먼 곳에 쓰는 바람에 은퇴하는 선수들이 부지기수다.

-그런 의미에서 넌 경기복은 타고난 모양이다.

그런 의미에서 이진용은 운이 좋았다.

"부정은 못 하겠네요."

고양 스타즈에 입단하자마자 곧바로 블루 드래곤즈와의 경기에서 선발로 출전하는 기회를 얻었는데, 그 후 곧바로 며칠의 휴식일을 거치고 서울 엔젤스 2군과의 시합 엔트리에 포함되었다는 말을 들었으니까.

꽤 특별한 케이스였다.

"솔직히 진짜 절 이천으로 데려갈 줄은 몰랐습니다."

독립 구단 선수들에게 있어 2군 팀과의 대결의 중요성은 이루 말할 수 없다.

당연히 고양 스타즈에서 검증된 그리고 선별된 선수들만이 그 기회를 받는 게 당연지사.

고작 한 경기 치른 올해의 신입, 그것도 보잘것없는 구속을 가진 자그마한 체격의 투수에게 줄 기회가 아니라는 의미다.

당장 김정호 투수코치가 처음 블루 드래곤즈와의 경기 선발을 앞두고 말하지 않았던가?

"블루 드래곤즈에서 선발 이야기 들을 때만 해도 분명 후순위 카드라고 했는데 말이죠."

이진용, 너는 여전히 검증이 필요한 후순위 카드라고.

그러니 앞으로 좋은 기회를 받긴 힘들 거라고.

-난 예상했어.

그러나 김진호는 달랐다.

-범석이 형이 눈썰미가 보통이 아니거든. 무엇보다 범석이 형은 모토가 그거야.

"그거요?"

-아, 야구 몰라요~!

"네?"

-말 그대로. 범석이 형은 제아무리 대단한 전력분석가도 야구를 완벽하게 수치화하고 이론화할 수 없다는 걸 인정해. 구속이 전부가 아니고, 체격이 전부가 아니라는 걸 알고 있지. 반대로 결과는 분명 눈에 보이는 거라고 인정하고.

"그게 무슨 의미인가요?"

-빌리 빈이라고 알아?

빌리 빈.

그 단어가 나오자 이진용은 당연히 고개를 끄덕였다.

"빌리 빈? 머니볼 영화에 나온 사람이요?"

야구를 좋아하는 이는 물론, 어쩌면 야구에 별 관심 없는 이들도 알 법한 이름이었으니까.

-어? 머니볼이 영화로 나왔어?

"예, 빌리 빈 배역으로 브래드 피트가 했어요."

-뭐? 배우 누구?

"브래드 피트요."

-안젤리나 졸리랑 결혼한 브래드 피트? 빌리 빈 영화를 찍는데 빌리 빈 배역을 그 끝내주게 섹시한 배우가 했다고?

"예."

그 말에 김진호가 허탈한 웃음을 토해냈다.

-할리우드 애들이 눈알에 납덩이를 박은 모양이군. 어떻게 빌리 빈하고 브래드 피트를 이을 수 있지? 정신이 나갔나?

그 허탈한 웃음을 끝으로 진지한 표정을 지으며 말을 이어갔다.

-그런 식이면 내 영화 찍을 때는 레오나르도 디카프리오를 배역으로 쓰겠네?

"그럴 수도 있죠."

그 진지한 김진호의 말에 이진용이 기꺼이 긍정을 표했다.

"대신 장르는 SF 판타지가 되겠지만."

-뭐 인마?

"김진호 역에 레오나르도 디카프리오가 나오면 그게 판타지죠."

-내가 뭐 어때서? 내가 메이저리그에서 얼마나 인기가 많았는데? 내가 다저스전 치르러 LA 가면 할리우드 배우들이 나 보러 오고 그랬어. 경기 끝나면 소개팅 자리 거절하기 바빴다고!

이진용은 그런 김진호의 반발에 대답 대신 스마트폰에 대고 음성 검색을 활성화한 후에 말했다.

"김진호 열애설 검색."

곧바로 구글이 검색 결과를 내놓았다.

이진용은 그 결과를 보여주는 스마트폰 액정을 김진호에게 보여주며 말했다.

"이런 어쩌죠? 김진호 선수와 할리우드 여배우의 열애설 이야기는 제대로 검색되는 게 없네요?"

-그, 그야 몰래 했으니까! 그래, 몰래! 몰래 했어!

반문하는 김진호를 향해 이진용이 안쓰러운 눈빛으로 바라보며 고개를 끄덕였다.

"예, 그렇다고 칩시다. 믿어줄게요."

-진짜야!

"예예, 믿어드린다고요. 그래서 빌리 빈 이야기는 왜 꺼내신 겁니까?"

-쳇!

짧게 혀를 찬 김진호가 말을 이어갔다.

-여하튼 빌리 빈하고 만난 적이 있었어.

"하긴 에슬레틱스에서 빌리 빈 단장이 주가를 한창 높일 때랑 김진호 선수가 리그 초토화시킬 때랑 시기가 같으니까요."

-그 무렵에 가장 목이 탄 건 레드삭스였어. 알다시피 새천년이 시작됐는데 밤비노의 저주는 깨질 기미가 안 보였고, 이러다가는 진짜 우승 못 하고 1세기 보내는 거 아닐까 하는 생각

이 들었으니까.

"그래서요?"

-그 무렵에 빌리 빈이 나한테 연락을 했어. 만약 레드삭스가 카디널스에서 당신을 데려간다면 나는 기꺼이 레드삭스 단장이 되겠다고. 그러면서 자신의 야구론에 대한 이야기를 꺼냈지.

"세이버 매트릭스 말이군요."

-그는 이제 야구의 비밀이 숫자로 나오는 시대가 올 거라고 말했지. 그렇기에 반대로 숫자로 설명할 수 없는 무언가를 가진 선수를 가진 팀만이 우승을 할 수 있다고 말했고.

이진용은 고개를 끄덕였다.

-그래. 그래서 난 물어봤지. 그런 건 어떻게 아느냐고. 그러니까 이렇게 대답하더라고. 자신이 가진 능력 이상의 결과를 만드는 선수 열 명 중 한 명은 그런 것을 가지고 있다.

"열 명 중 한 명? 그럼 나머지 아홉 명은요?"

-일명 뽀록이라고 하지. 어쨌거나 범석이 형의 야구론도 비슷해. 어떤 선수가 자기가 가진 능력 이상의 결과를 계속 만들면 분명 그 선수에게는 기회를 줄 가치가 있다고 생각하지.

"반대로 말하면 제가 이번에도 기회를 못 만들면 제 모든 걸 뽀록으로 보시겠다, 이거군요."

김진호는 대답 대신 검지와 엄지를 마주치며 오케이 사인을 만들었다.

그 모습에 이진용은 한숨 따윈 내뱉지 않았다.

-어쭈? 지금 외줄에 올라탔는데 담담하네?

김진호가 그런 이진용에게 되물었다.

그 되물음에 이진용은 담담히 대답했다.

"그 정도 고생도 각오 안 하고 이 바닥에 들어올 생각은 조금도 없었습니다."

그 말에 김진호가 고개를 끄덕였다.

-그래, 그런 마음가짐이다. 혹시 알아? 이번 경기를 우연히 엔젤스 구단의 높으신 분이 보고 널 마음에 들어서 데려갈지?

이진용이 피식 웃었다.

"말이 되는 소리를 하세요."

-맞아, 개소리 좀 한 거야.

이천 챔피언스 파크.

서울 엔젤스의 모기업인 현성그룹이 막대한 돈을 들여 만든 대한민국 최고 수준의 2군 훈련소인 그곳에 서울 엔젤스의 2군 선수단과 매치업을 치르게 된 고양 스타즈 선수들이 그라운드에 모습을 드러냈다.

"우와."

그렇게 모습을 드러낸 선수들이 가장 먼저 놀란 것은 야구장을 휘감고 있는 조명들이었다.

"이 조명들 봐."

"여기는 구름 살짝 낀 낮보다 조명 켠 밤이 더 환하다며?"

"그래서 밤까지 펑고 훈련을 할 수 있다던데?"

고양 국가대표 야구장을 쓰고 있긴 하지만, 대한민국은 물론 세계적으로 자랑할 만한 시설을 가진 이천 챔피언스 파크는 고양 스타즈 선수들에게는 그야말로 별들이 뛰는 우주와도 같았다.

-이야, 야구장 좋네. 이제는 2군 구장도 이 정도 퀄리티가 나오는구나.

김진호도 감탄할 정도이니 무슨 설명이 필요할까?

이진용도 마찬가지였다.

"잠실구장보다 더 좋은 것 같네요."

-잠실구장이 리모델링한 게 아니라면 거기보다 구린 야구장이 더 적을걸?

"하긴 그렇죠. 지은 지 오래됐으니까."

-그래도 잠실구장은 느낌이 있어.

"느낌이요?"

-현성그룹 오너 일가랑 만나면서 한 번 잠실구장 마운드를 밟아본 적이 있는데…… 여하튼 분명 너도 밟아보면 알 거야.

"밟아볼 일이 있었으면 좋겠네요."

그 순간 김진호가 주변을 두리번거리더니 어느 한 곳을 바라봤다.

-야, 저기, 저기 봐.

"어디요?"

이진용이 고개를 돌렸다.

그러자 그들 눈에는 서울 엔젤스의 상징, 하얀 옷에 검은 줄무늬, 스트라이프 무늬의 유니폼을 입은 선수단이 보였다.

그들이 그라운드를 채운 고양 스타즈의 선수들을 바라보고 있었다.

그 눈빛에 이진용이 이를 꽉 물었다.

이진용도 느낀 것이다.

-장담하는데, 재들 오늘 사생결단 낼 생각이야.

고양 스타즈를 마주하는 서울 엔젤스의 2군 선수들이 지금 그 어느 경기보다 절박함을 품고 있다는 것을.

그리고 그건 무척 당연한 일이었다.

"같은 2군 구단에게 지면 1패이지만, 프로에 도전하는 독립 구단에게 지면 그건 1패가 아니라 자격 미달이니까요."

-아무렴. 메이저리그 선수가 더블A 선수한테 당하면 짐 싸야지.

2군 선수들이 2군 선수에게 지는 건 쓰디쓴 패배이다.

그러나 독립 구단에게 진다는 건 쓰디쓴 패배가 아니라 그들의 자격에 대해 고찰을 해야 하는 일이다.

-하물며 네가 빼앗을 자리가 재네 자리잖아? 안 그래?

쉽게 말하면 의자 뺏기다.

독립 구단 선수들이 노리는 건 어떻게 보면 2군 선수들이 앉아 있는 자리다.

그런 독립 구단 선수에게 진다는 건, 그 자리를 언제든 빼앗겨도 이상할 게 없다는 것.

"그래도 눈빛이 예상 이상으로 살벌하네요."

-안찬섭이 패전투수가 된 것도 이유이겠지.

여기에 한 가지 더, 독립 구단은 안찬섭을 상대로 승리를 거두었다.

2군 선수들에게 있어서도 하늘 위의 별과 같은 그 선수를 온라인상에서 웃음거리로 만들었다.

-관중이 많은 것도 이유이겠고.

더불어 그 일 때문에 오늘 이 경기에 평소와는 비교할 수도 없는 기자들과 구단 관계자들이 이천 챔피언스 파크를 채우고 있었다.

"꽤 많을 겁니다. 시범 경기가 3월 14일부터니까, 전국에서 시간 나는 기자들은 죄다 여기 왔겠죠."

이제 시범 경기를 3일 앞에 둔 11일, 이미 몸풀기를 마친 기자들에게는 오늘 이 경기에 시간을 할애할 여유가 충분했으니까.

'응?'

그때 김진호가 무언가를 발견한 듯 말했다.

-야, 저쪽으로 가봐.

"어디요?"

-저기 포수석 뒤쪽으로.

이진용이 고개를 돌렸다.

그러자 한 남성과 여성이 대화하는 것이 보였다.

"와우."

제법 거리가 있음에도 보는 순간 눈이 돌아갈 정도로 멋진 몸매를 가진 여성이었다.

이진용이 한마디 했다.

"이런 거 하나는 귀신보다 더 귀신같이 찾아내시네요. 역시 메이저리거의 눈은 다른 모양입니다. 아주 이런 거 찾는 건 매의 눈이네, 매의 눈이야."

-그런 거 아니야!

"에이, 뭘 숨기시나. 남자라면 다 그렇지 뭐."

-일단 가봐!

이진용은 기꺼이 김진호를 위해 걸음을 옮겼다. 그 역시 저 미인의 얼굴이 얼마나 대단한지 확인하고 싶은 남자였으니까.

그렇게 거리가 가까워졌을 때 이진용은 재차 여인의 미모에 감탄할 수밖에 없었다.

'진짜 예쁘네.'

그와 동시에 이상함을 느꼈다.

'그런데 어디서 본 거 같은데?'

-이상하단 말이야. 재를 내가 언제 한 번 본 것 같은데?

김진호 역시 마찬가지였다.

이윽고 김진호는 떠올렸다.

-아! 구 회장 손녀다!

"예?"

-맞아, 확실해. 내가 한국에 왔을 때 현성 기업 오너 일가하고 만났는데 그때 거기서 나한테 꽃 줬던 애야.

"구 회장 손녀요?"

그 말에 이진용도 무언가를 떠올린 듯 곧바로 스마트폰을 꺼냈다. 그러고는 검색을 했다.

"구은서."

-그래, 그 이름이었어.

그 순간 그곳에 있던 구은서가 고개를 내려 이진용을 바라봤다.

"누구죠?"

구은서의 물음에 그녀의 옆에 있던 변형채가 고개를 내려 그라운드를 바라봤다.

'응?'

갑자기 포수석 근처에서 러닝을 시작한 한 선수가 보였다.

점퍼를 입고 러닝을 위해 등을 돌린 탓에 얼굴을 확인하는 건 힘들었지만 변형채는 그가 누구인지 바로 알 수 있었다.

"이진용 선수입니다. 스타즈 소속입니다."

저런 작은 신장을 가진 선수는 프로의 수준에서는 거의 찾아보기 힘들었으니까.

"선수요?"

구은서가 눈을 살짝 찡그린 것도 그 때문이었다.

"작군요. 내야수인가요? 2루수? 유격수?"

"아뇨. 투수입니다. 안찬섭 상대로 나와서 5이닝 무실점으로 승리투수가 된 투수입니다."

"아."

그제야 구은서는 변형채가 보내준 경기 결과에서 승리투수 이진용이란 단어를 떠올릴 수 있었다.

"성적이 어땠죠?"

"5이닝 무실점입니다."

"그게 전부인가요?"

"15타자 연속 범타 처리했습니다. 깔끔하게 말하면 5이닝 퍼펙트게임이었습니다. 볼넷 하나 없었죠."

그 말에 구은서가 놀란 반응을 보였다.

"그런 투수가 있다고요?"

"그런데 패스트볼 구속이 120대 초반에 불과합니다. 심지어 패스트볼 구위는 좋지 못합니다. 대신 슬라이더와 체인지업이 훌륭합니다."

설명을 하던 변형채는 직감했다.

구속이 120대 초반에 불과합니다, 라는 말을 듣는 순간 구은서의 귀에 슬라이더와 체인지업이 훌륭하다, 같은 자신의 말은 조금도 들어가지 않으리라고.

구은서가 저 투수에 대한 관심을 곧바로 머릿속에서 깔끔하게 지울 거라고.

"그래요?"

그러나 구은서의 반응은 달랐다.

그녀는 저 자그마한 투수의 존재를 머릿속에서 지우지 않았다.

"혹시 그것 말고 다른 건 없나요?"

"다른 것 말입니까?"

구은서는 스스로 말하고도 자신의 말이 마음에 들지 않았는지 눈가를 찌푸렸다.

"아니에요."

"뭔가 저 투수로부터 느껴지는 게 있으십니까?"

변형채가 조심스레 질문을 던졌다.

그 질문에 구은서는 자신이 느낀 것을 떠올리고는 이내 피식 웃었다.

"그냥 저 선수를 보니까 예전 기억이 나서 그랬어요."

"예전 기억이요?"

"김진호 선수를 만났을 때 기억이요."

그 말에 변형채도 피식 웃었다.

김진호.

메이저리그에서 11시즌 동안 그 누구도 범접할 수 없었던 아성을 만들었던 메이저리그의 지배자.

그런데 드래프트에서 지명을 받기는커녕 고작해야 120대 초반의 패스트볼을 던지는 투수로부터 그 위대한 투수와의 추억을 떠올린다?

피식, 웃음이 나올 만한 일이었다.

물론 그 둘은 몰랐다.

-아! 그때도 미인이었지만 지금은 장난 아니네. 만약 내가 그때 재랑 결혼했으면 나도 재벌가 사위 되는 건데, 아쉽다!

"말도 안 되는 소리 말아요."

-아깝다. 그때 분명 날 좋아하는 눈치였는데 말이야.

"지랄."

-너 지금 뭐라고 했냐?

"예? 제가 무슨 말 했나요?"

-지랄이라고 했잖아?

"그럴 리가요? 잘못 들으셨겠죠. 요즘 헛것이 들리시는 모양입니다. 제삿밥으로 보약 좀 올려드릴까요?"

자신들이 참으로 감이 좋은 이들이라는 것을.

아직은 모르고 있었다.

To Be Continued